청어詩人選 145

광릉숲 단상

이윤선 시집

청어

광릉숲 단상

이윤선 지음

발 행 처 · 도서출판 청어
발 행 인 · 이영철
영   업 · 이동호
홍   보 · 최윤영
기   획 · 천성래 | 이용희
편   집 · 방세화 | 원신연
디 자 인 · 김바라 | 서경아
제작부장 · 공병한
인   쇄 · 두리터

등   록 · 1999년 5월 3일
(제321-3210000251001999000063호)

1판 1쇄 인쇄 · 2017년 1월 1일
1판 1쇄 발행 · 2017년 1월 10일

주소 · 서울특별시 서초구 효령로55길 45-8
대표전화 · 02-586-0477
팩시밀리 · 02-586-0478

홈페이지 · www.chungeobook.com
E-mail · ppi20@hanmail.net
ISBN · 979-11-5860-456-1 (03810)

이 도서의 국립중앙도서관 출판시도서목록(CIP)은 서지정보유통지원시스템 홈페이지
(http://seoji.nl.go.kr)와 국가자료공동목록시스템(http://www.nl.go.kr/kolisnet)
에서 이용하실 수 있습니다.(CIP제어번호: CIP2016028001)

광릉숲 단상

머리말

나를 치유해준 광릉숲께 바친다.

광릉숲을 해설하시는 해설사님들과
광릉숲을 사랑하는 모든 이들에게 바친다.

더불어 마음이 지친 모든 이들에게도 바친다.

이 『광릉숲 단상』은 해설사님들의 숲 해설을 듣고
간략하게 단상으로 묶었음을 알린다.

수많은 언어공해가 잔소리처럼 느껴져서
사족들은 다 자르고 중심만 담았다.

그러므로 독자여,
부족하고 어설퍼도 이점 이해해주시기 바란다.

끝으로 광릉과 광릉숲을 지키시는 모든 분들과
광릉숲 해설사 정길호 선생님과
광릉 문화해설사 김진순 선생님께 심심한 감사를 드린다.

광릉숲에서
이윤선 씀

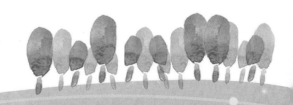

contents

 광릉숲 단상

제**1**부
히어리꽃

내 가슴을 까맣게 태우던
몸이 달아 신열까지 앓았던
유년의 그 꽃 이름
히어리 히어리

대책 없이 눈물이 난다

비교

서양 측백나무의 잎은 앞과 뒤가 다르지요
우리나라 측백나무는 앞뒤가 똑같아서
군자를 상징한다고 칭송하지만
가만히 생각해보면
그니들의 민족성은 앞뒤가 다르면서도
세계를 제패(制覇)해내지 않았나요?
우리는 도덕성만 앞세우면서
후진성을 벗지 못하고 있으니
이게 대체 뭔가? — 싶네요

*
천연기념물 제1호: 대구 달성에 있는 측백나무.
측백나무는 자기 방어물질인 피톤치드라는 성분이 나오는데 우리 인
간에게도 이로워서 머리를 맑게 해준다.

히어리꽃

뻐꾹새 노래하는 봄밭 위 山에
치렁치렁 노란 꽃 미치도록 피면

– 엄니, 이 꽃이 뭐다요?
– 압찌, 저 꽃 이름이 대체 뭐랑가요?
– 동네 사람들, 저어기 저 꽃이 참말로 뭐당가요?

아무도 아무도 대답해 주는 이 없었다

46살의 봄,
광릉수목원에 와서야
알았다

내 가슴을 까맣게 태우던
몸이 달아 신열까지 앓았던
유년의 그 꽃 이름
히어리 히어리

대책 없이 눈물이 난다

전설 따라 삼천리

임금님 귀는 당나귀 귀를 외치던
대나무를 베어내고
산수유나무를 심었더니

이번에는
- 임금님 귀는
길
~
~~~
~~~~
~~~~~
~~~~~~
~~~~~~~다
라고

산수유나무가 외치더랍니다

*
『삼국유사』에 전하는 내용이다.
경순왕은 귀가 당나귀를 닮았는데
복두장이 이 말을 대나무 밭에 가서 외쳤다는 내용으로 시작된다.

상사화

무릇이라고도 부르는 꽃이지요
고면 풀도 되고
엿도 되고
방습제까지 되지요

옛날 공문을 많이 써서 붙여야 했던 절에선
스님들이 많이 재배했다고 합니다

지금도 고창에 있는 선운사에 가면
산에 불이 난 것처럼 많이 핀
장관을 볼 수 있답니다

*
재미 삼아 한번 '상사화 전설'을 찾아보세요.

넝쿨 숲

사람들과 갈등(葛藤)이 있는 사람들은
여기 넝쿨 숲에 들어가시면 안 됩니다
얘들이 정말 싫어하기 때문입니다
숲 해설가가 진지한 표정과 단호한 어투로 말했어요
순간 나는 비웃듯 웃고 말았어요
칫, 지들도 엉켜 있으면서
내가 사람들과 엉켜 갈등(葛藤)의 골을 깊게 파며
살아가고 있는 거나
지들도 피터지게 엉켜 사는 모습이 매한가진데 뭘,
칫, 지 몸의 길이도 반듯하게 하지 못하고
지 안에서조차 지 몸을 엉켜 갈등(葛藤)을 풀어내지 못하
면서 뭘,
머리끄덩이 잡고 매일 제 잘났다고 싸우는 주제에 뭘,
남의 몸을 칭칭 감고 저리 표독을 부리면서 살면서 칫,
나는 설득력이 없는 숲 해설가의 말을 무시하고
넝쿨 숲으로 성큼성큼 걸어 들어갔어요
숲 해설가는 내 반론에 더 이상 아무 말도 하지 못했어요
나는 가끔은 통제하기 싫은 이성과 감성을
깡으로 부리며 살아요
자연 앞에서도

정말 죄송합니다!

*
葛藤(갈등): 칡나무 갈, 갈등 등.

14

가래나무

호두랑 비슷하나
우리나라 토종나무입니다
옻이 오르기도 하고
물에다 잎을 찧어 풀면 독이 있어서
물고기가 기절하기도 하지만
열매는 마치 농기구 가래 같이 생겨서
협동심을 우리에게 교훈으로 준답니다

(호두나무는
유청신이 처음 가져와 심은 시조목이
지금도 천안 광덕사에 있답니다)

가래나무

추자목(楸子木)이라고도 하고 열매를 추자(楸子)라 한다. 산기슭의 양지쪽에서 자란다. 높이가 20m 정도이며 나무 껍질은 암회색이며 세로로 터진다. 잎은 홀수깃꼴겹잎이다. 작은 잎은 7~17개이며, 긴 타원형 또는 달걀 모양 타원형으로 길이 7~28cm, 나비 10cm 정도이다. 잔 톱니가 있고 앞면은 잔털이 있으나 점차 없어지고, 뒷면은 털이 있거나 없는 것도 있으며 잎맥 위에 선모(腺毛)가 있다.

꽃은 단성화로서 4월에 피는데, 수꽃이삭은 길이 10~20cm이고, 수술은 12~14개이며 암꽃이삭에 4~10개의 꽃이 핀다. 열매는 핵과로서 달걀 모양 원형이고, 길이가 4~8cm이며 9월에 익는다. 외과피에는 선모가 빽빽이 나고, 내과피는 흑갈색인데 매우 굳으며 양 끝이 뾰족하다.

나무의 변재는 회백색, 심재는 회갈색으로 질이 치밀하고 질기며 뒤틀리지 않아 가구재, 기계재, 총대, 조각재로 쓰인다. 한방에서는 봄에서 가을 사이에 수피를 채취하여 말린 것을 추피(楸皮)라 하며 수렴과 해열, 눈을 맑게 하는 등의 효능이 있어 장염, 이질(적리), 설사, 맥립종, 눈이 충혈하고 붓는 통증 등에 처방한다. 열매는 날 것으로 그냥 먹거나 요리하여 먹고, 기름을 짜서 먹기도 한다. 어린잎은 삶아서 먹을 수 있다. 수피는 섬유로도 사용한다. 한국(중부 이북), 중국 북동부 시베리아(아무르, 우수리) 등지에 분포한다.

핵과가 긴 타원형이고 양 끝이 좁으며 능각(稜角)이 다소 뚜렷하지 않은 것을 긴가래나무(J.m.for. stenocarpa)라고 하고, 핵과에 능선(稜線)이 없고 하나의 꽃 이삭에 암꽃이 12~20개씩 달리는 것을 왕가래나무(J.m.var. sieboldiana)라고 한다.

호두

거의 원형이고 핵과(核果)이다. 외과피는 육질로 녹색이며 내과피(핵과:核果)는 매우 단단한 골질로 잘 깨지지 않는다. 핵은 도란형으로 황갈색이며 표면은 봉선을 따라 많은 주름살이 있고 핵 내부는 4실이다. 종자는 2장의 떡잎을 갖춘 것으로 구형에 가까우나 심하게 주름져 있고 백색 또는 담황색을 띠며 그 겉면은 막질의 흑갈색인 종피가 있다.

중국이 원산지이나 세계 각지에서 재배된다. 미국 캘리포니아주가 전 세계 호두 공급량의 66%를 차지하고 있다. 중국은 한(漢)나라 장건(張騫)이 서역(西域)에서 들여왔고 한국에는 고려시대에 유청신(柳淸臣)이 원나라 사신으로 갔다가 가지고 와서 고향인 천안에 처음으로 심었다는 것이 정설이었으나, 일부 학자들은 초기철기시대의 유적인 광주 신창동의 저습지 유적에서 호두가 출토된 것을 근거로 원삼국 시대에 유래되었다고 주장하기도 한다. 한국에서는 주로 중부 이남에 분포한다. 일본에는 18세기경 한국에서 전파되었다.

호두는 열매가 성숙된 가을에 따서 물에 오랫동안 담가 두거나 한 자리에 쌓아 두어 썩힌 육질의 외과피를 제거하고 햇볕에 말린 뒤 딱딱한 내과피를 깨서 종자를 취한다. 호두에는 불포화지방의 일종은 오메가3 지방이 많이 함유되어 있으며 주성분은 알파-리놀렌산이다. 또한 단백질, 비타민 B2, 비타민 B1 등이 풍부하여 식용과 약용으로 많이 쓰인다. 종자는 그대로 먹기도 하고 제사용, 과자(천안 호두과자), 술안주, 요리에도 이용하며 호두 기름은 식용 외에도 화장품이나 향료의 혼합물로서 활용한다. 호두 기름의 약리효과는 기름에 함유된 혼합 지방산이 체중의 증가를 촉진시켜 혈청 알부민의 함유량을 높이지만 혈액의 콜레스테롤양은 비교적 감소시킨다.

광릉숲 이력서

광릉숲은요
극산림의 최고봉에 우뚝 서 있답니다
세조가 묻힌 이래
오늘날까지 542년여간 훼손되지 않는 숲이랍니다
유네스코생물권보전지역으로 지정되었답니다

허나 애석하게도 일제가 우리를 지배할 때
이 숲이 문화유산으로서 가치가 있음을 알고
일본사람인 나까이가 광릉숲의 식물들을 조사하여
일본식 이름을 붙여놓은 것이 많다는

안
타
까
움도 있답니다

이는 우리 후세대들의 숙제입니다
꼭, 명심하세요

서어나무

극산림의 최고봉에 있는 나무가 이 서어나무입니다
서어나무는 인이라는 성분이 몸속에 있어서
죽어갈 때 빛이 난답니다
특히 밤에 몸에서 빛을 낸답니다
옛날에는 사람들이 이 불을 보고
도깨비불이라며 무서워했다고 해요
서어나무의 몸에 붙어서 자란
화경버섯이라는 것도 있는데
이 버섯도 몸에서 빛을 품어내지요

메타세콰이어와 낙우송

메타세콰이어 나무와 낙우송은 비슷하게 생겼지만
다른 나무랍니다

1.
메타세콰이어 나무는요
잎이 마주 바라보는 것이 특징이에요

이 나무는 화석 나무예요
공룡 시대 때도 살아 있었던 나무예요
공룡은 적응하지 못했으나 이 나무는 적응을 하였답니다
큰 것들은 살아남을 수 없으나
곤충을 비롯한 작은 것들은 살아남는다는
교훈이 숨어 있는 나무이기도 합니다

2.
낙우송은 한 마디로 똑똑해요
물속에서 자랄 때는 살기 위해서
*(무엇일까요? 한번 알아 맞춰 보세요~!)*를 하는데
안전한 위치의 언덕 위에다
뿌리를 올려놓은 놀라운 지혜를 보여주지요

여기 보세요

혹처럼 툭, 튀어 나온 뿌리 보이죠?
한 마디로 생존 전략이 아주 뛰어나지요

그러나
땅에서 자랄 때는 그럴 필요가 없기 때문에
그렇지 않답니다

우리도 살다가 어떤 시련이 닥쳐오면
이 낙우송처럼 굳세게 이겨내 봅시다

*

knee root : 무릎뿌리, 기근.

풍매화

자손을 헬리콥터 모양으로 낳아서
바람에 실려 멀리 보내요
자기 곁에 떨어지면 그 그늘에 가려
빛을 보지 못해서 죽을 수밖에 없으므로
멀리 멀리 바람의 등에 태워 보내요

자손들을 자립 시켜야 한다는 교훈이 숨어 있어요
사랑한다는 이유만으로
장성한 자식들을 아직도 품에 끼고 살고 있는
우리 인간들에게
따끔하게 일침을 가하는 경종이기도 하답니다

신나무

지구상에 있는 모든 생물은 빛이 없으면 살지 못합니다
여기 이 신나무를 보십시오
나무들에 치여서 빛을 못 받으니까
빛을 얻기 위해 제 몸에 상처를 감수하면서까지
빛을 향해 가지를 한쪽으로만 뻗었습니다
이 시멘트 다리에 자신의 몸이 이리 짓눌러
아플 텐데도 살기 위해 이 고통을 감수하고 있습니다
인간사도 그렇지만 서로 부대끼며 사는 것은
나무들도 마찬가지입니다
약육강식의 원리에 따라 약한 놈이 치이는 것은
당연한 이치입니다

살다가 힘들어지면 이 나무를 꼭 기억하십시오
그리고 더 열심히 맹렬하게 살아남으십시오
죽고 싶어도 절대 죽지 마십시오

숲 해설가가 힘주어 말합니다

인천에서 여기 광릉숲까지
살기 위해 출근한다는
생에 대해 절박해 보이는
그의 눈에 눈물이 빗속에서 반짝 빛났습니다

예,
나도 예!

계수나무

얼마나 많이 사랑 받고 싶었으면
하트 모양의 잎 이리 많이 매달았니?
얼마나 많이 사랑한다 말하고 싶었으면
심장 닮은 잎 이리 많이 만들어 놓았니?
얼마나 지난 추억이 그리웠으면
단풍 들기 전에 떨어지는 잎에서까지 달고나 맛을 내니?
온통 네 생이 무겁고 버겁게 느껴지는구나
너의 안타까운 집착이
사랑 받으면서도 울고
사랑하면서도 우는
헛헛하고 쓸쓸한 날의
나의 자화상이진 않을까?

*
탄닌 성분 때문에 단맛이 난다.
계수나무 모수가 광릉수목원에 있다.
계수나무는 암수 딴 그루인데 수나무가 없는 줄 알았는데
암나무에 열매가 열려 알아보니 광릉에 딱, 한 그루가 있다.

배꽃

배꽃은 종자가 달라도
다 흰색 꽃으로만 피어요

피부색이 다른 지구촌 사람들이
모두 인간이듯

신기하지요?

우기기 대장

플라타너스 나무나
양버즘나무나 똑같은 나무인데
한사코 우긴다

아니라고

어쩔껴
몰라서 그런겨

전나무

침엽수가 많은 길목에 서 있는 이 전나무들을 보십시오
우산 모양의 정수리 첫 번째 가지 잎에서
햇볕을 차단(투광)하는 것이 20%고
세 번째 가지의 잎에선 0.8%까지 자외선을 걸러주기 때문에
양산도 썬 그라스도 쓰지 않아도 됩니다

전나무에서는 세로토닉이 나와서
인간의 몸을 이롭게 해주기 때문에
숲과 교감을 잘 하면 자신들의 삶도
풍요롭고 행복해집니다

활엽수보다 침엽수가 삼림욕을 하기엔 좋다고
산새들까지 달려 나와 홍보를 하고 있습니다

허나 조심하십시오
아무리 좋다고
침엽수 아래서 잠이 깊이 들면 안 됩니다
복병이 숨어 있습니다

그건 바로 *(독자 여러분, 한번 알아 맞춰보세요~!)* 입니다

고추나무 앞에서

알았다
고추를 한자로 풀면
괴로울 고(苦)
풀 초(草)라는 것을
흔해서
생각 없이 부르며
먹었던
그 이름
고추

튤립나무

서양에서는 숲 속의 미녀라고 불리는 나무랍니다
앞으로 환경오염이 극심하게 심해져서
지구가 병들어 아파할 수 있지만 걱정하지 마세요
바로 이 나무가 대체 에너지원으로 각광 받을 테니까요
이 나무는 꼭 주목해야 할 나무이며
연구할 가치가 무진장하게 많은 나무입니다

튤립나무는 자동차 매연을 흡착하는 양이 많습니다
매연을 흡착하여 정화시키는 속도가 아주 대단합니다
다른 나무들은 열악한 환경에서 사는 것이 힘든데
공해에 찌든 인간을 위해 미래 에너지원으로써
다른 용도로도 빛을 발할 수 있는 멋진 나무입니다

늘 무심히 지나쳤는데
보석처럼 귀하게 여겨지네요

저녁 산책길에
벤치에 작은 녀석을 앉히고
아파트 내에 아름드리 튤립나무 아래서
절대 잊어버리지 말라고
꽃모양까지 오래도록 눈에 담게 했답니다

산딸나무

정말 깜찍하네요

진짜 꽃은 아주 작은데
총포라는 가짜 꽃으로 화려하게 치장하고 피어
곤충들을 유혹하는 솜씨

나도 지금까지 깜빡 속아 왔지 뭐예요

저는 말이예요
뒤통수 때리는 거시기들은 미워하며 살았지만
요녀석들은 누굴 해치기 위한 것이 아니라
더불어 살기 위한 방편이라고 하니
아낌없이 갈채를 보내줍니다

*
산딸나무: 옛날에는 성당을 상징하는 십자가 꽃으로도 불렸다.

벌깨덩굴

보라색으로 주머니 모양의 입을 벌리고
점 보라빛과 흰빛이 섞인 나비 모양을 혓바닥처럼
쑥 내밀어 핀 꽃
바닥에서 제 꽃을 피우느라

열심, 열심히, 열심!

더 자세히 보려고
낮게 엎드린 내 눈과 마주치자
반가워 까르르 웃는다

키가 작아서
바닥에서 생을 부리고 살아서
정감이 더 간다

너, 벌깨덩굴

민들레 구별법

우리나라 민들레는 흰색 꽃을 피우지요
이 종은 거의 멸종이 되다시피 했답니다
그렇다고 노란색이 다 외래종이라고 알고 있으나
그렇지 않아요
노란색도 우리나라 종이 있는데요
구별법은 1차적으로 색이 찐하면 외래종이고
연한 노란색이면 토종이랍니다
더 확실히 구별하는 방법은요
꽃 받침대가 아래로 향하고 있으면 외래종이구요
꽃 받침대가 위로 향하고 있으면 토종이랍니다
우리나라 민들레가 자꾸 고사되는 안타까운 이유는
외래종은 토종 민들레와 교배가 가능하나
토종은 토종끼리만 교배가 가능해서
애석하게 사라지고 있답니다
본토종을 살려내려는 우리의 치열한 의식이
필요하고 또 필요하답니다

제2부
광릉숲께

당신들을 위해
당신들을 위한
제 자작시를 읽어줬으면 좋겠습니다
섬세한 손길과 사랑 가득한 눈빛과
순백한 마음 한 자락 휘감으며
영혼을 교감하기 위해 다가온 내 찬양詩

아라우카리아

요 녀석은요
세계에서 가장 아름답고
예쁜 나무 중의 하나랍니다

여, 보세요
흑인들이 길게 딴 머리모양 같기도 하고
우리가 어렸을 때 먹던
지렁이 젤리 같기도 하면서도
플라스틱으로 만든 가짜 나무 같기도 하죠?

자세히
알고 보니
참 묘하면서도 신비롭고 경이롭기도 하네요

돈나무

제주에선 냄새가 독해서 똥나무라고 불렸으나
일본 놈들이 발음이 잘 되지 않아
돈나무라고 해서 돈나무가 되었다는 설이 있습니다

지금 우리나라는 부자가 된다는 설을 믿고
가가호호 이 돈나무를 많이 기르고들 있지요

금강송

금강송을 적송이라 절대 부르지 마세요

일본 놈들이 그렇게 이름 붙인 것이랍니다

독일가문비나무

당신에게서는
삶을 살아갈 때 필요한 융통성을 배워갑니다

당신은
눈이 많이 내려서 가지를 무겁게 하면
흔들어 털어버림으로써
외부로부터 들어오는 무거움과 번뇌들까지도
비워냄으로써 여유롭고 풍요로운 삶을 살아가신다니
당신의 고요한 정신이 존경스러워
해 그림자로 길어진 당신을 꼭 안아봅니다

당신은 이 작은 몸으로도 탐욕과 근심이 두 짐이나 되어
무겁게 비틀거리며 걸어 여기까지 온
내 머리까지 털어주셨습니다
내 영혼이 가벼워졌습니다

고맙습니다
해답 하나 잘 얻어갑니다

– 꼭, 융통성 있는 인간이 되거라

예!

산수국

당신에게서 배려를 배워갑니다
종족을 번식시키기엔 작은 참꽃이
곤충들에게 눈에 띄지 않을 것을 우려해
헛꽃을 꽃 모양으로 넓고 크게 펼쳐놓고
비행기 탈주로처럼 쉽게 안착할 수 있게
인도하는 놀라운 능력이 비범하기도 합니다

― 헛꽃으로, 여기 꿀이 있다오

곤충들을 유혹해서 얼른 가루받이를 하곤
씨받이가 다 끝나면 헛꽃의 잎을 뒤로 뒤집음으로써
종족의 번식이 끝났음을 선언하면서도
그 행위는 곤충을 배려하는 행동이기도 하다니
이제 와봐야 꿀이 없으므로
괜한 수고 하지 마라는 표시라니

감동이 울컥 올라옵니다
당신의 배려와 지혜를 잘 배워갑니다

광릉숲 밖으로

층층이꽃

애, 너희의 아파트들은 자연친화적이구나
자연에서 나서 자연으로 살아가는 이상적인 마을
반짝 왔다가 반짝하는 사이에 가버려도
그냥 바라만 보고 있어도 마음이 흐뭇해진다야
소담스러운 듯 꾹꾹 눌러 담은
하얀 쌀밥을 나누는 이웃의 情 같구나야
넘치듯 빼꼭히 이룬 예쁜 집들
목소리마저 집 밖으로 떠나지 않고
살뜰한 고요가 머무르는 마을
너희의 세상이 둥둥 내 머리에 떠 피어 있는 날
초인종을 살며시 누르고 들어가
마실을 즐기게 해줘서 참말 고맙다야

혹부리나무

애처로운 이여
오랜 세월 몸서리나게 힘들게 했던
다리들을 버리고
차마 목숨을 버릴 수 없어서
새 다리를 만들어내
새 삶의 길을 만들고 있네요
하늘로 다시 걸어가고 있네요

장하십니다
내내 안녕하세요

정금나무

울 엄니는 그랬더랬어요
요놈이 당신 이름과 같다고
몸서리나게 시디신 열매가
당신의 팔자랑 어찌 이리 닮았느냐며 혀를 차곤 했드랬어요
거저 줘도 먹지 않는다며 혼잣말로 중얼거리기도 했더랬
지요
정금열매 앞에서 한 서린 자신의 팔자를 비관하면서도
돌멩이도 삼킬 것 같은 식욕이 왕성한
우리 자식들을 위해 바구니 한 가득 꺾어오곤 했드랬지요

세월이 흐른 지금
엄니의 그때 그 말들이 부활하네요
지금은 귀해져서 인근 산천에선 볼 수 없는 정금나무 대신
정금나무 닮은 노린재나무 앞에 서면
내 기억들이 알싸해온답니다

정금나무 속에서 언제나 떠오른
엄니의 이름

유
정
금

인생 동무

광릉수목원 안쪽 언덕빼기쯤에
금강송과 서어나무가
연리지처럼 붙어 우람하게 자라고 있습니다
숨 가쁘게 휘몰아쳐 온 여행자의 발길을 멈추게 합니다
그 모습에 취해 있노라면 가슴이 감전된 듯 먹먹합니다

어쩌면 이들은 태어날 때 서로 외다리였을지도 모르겠습
니다
둘이 한 다리씩 서서 서로의 두 다리가 되어
오랜 세월 한 몸인 듯 두 몸이 붙어
세상 풍파를 이겨왔는지도 모르겠습니다

옛날엔 밤에 빛이 나는 서어나무를
도깨비불이라 했다지만 그 빛나는 힘으로
어두운 밤 금강송 지켜주는 빛 동무 되어주고
금강송은 우직한 사군자의 절개로
서어나무를 바라보았을 거라는 생각이 듭니다

힘든 시간을 팽팽히 끌어안고 견딘 모습에서
끈끈한 우정과 사랑을 봅니다
타인과 타인의 경계가 일순간 허물어지는
내 안의 나를 봅니다

나는 행운아입니다
총칼 없는 전쟁터인 도시로
다시 흘러 들어가기 전
그대들을 만날 수 있어서
참 다행입니다

광릉숲께

당신들을 위해
당신들을 위한
제 자작시를 읽어줬으면 좋겠습니다
섬세한 손길과 사랑 가득한 눈빛과
순백한 마음 한 자락 휘감으며
영혼을 교감하기 위해 다가온 내 찬양詩
하늘 끝자락에서 문을 열고 달려온
해와 달과 별과 바람과 구름과 비의 포옹처럼
'사랑하다가 죽어버려'도 좋을 연시를 나도 바치고 싶습니다
뿌리와 줄기와 가지와 잎과 꽃 위에서
삶이 웃고 우는 아리랑 너머 얼쑤 춤사위로
오백년도 넘는 시간을 지켜온 이 당신의 터
왕조가 수없이 바뀌어도
우직한 인내의 제국이 된 당신의 숲 앞에서
나 녹아 춤추는 시가 되어 훨훨 날아봤으면 좋겠습니다
나, 제발 천년을 기리는 시로 남고 싶습니다
이 광릉숲에서
당신들을 위해 아니 나와 우리를 위해
당신들을 위한 아니 나와 우리를 위한
한 올 한 올의 시가 시작 되었습니다

숲에 정령이 살아 계심을 믿습니다
제가 그 분을 볼 수 있는 영안을 열어 주실 것을 믿습니다

제게 절대적인 영감을 허락하실 것을 믿습니다

언제나, 늘 저를 안아주시는 광릉숲이여
당신들을 찬양하는 시가 되게 나를 허락해 주십시오

*
정호승 시 「사랑하다가 죽어 버려라」 인용.

서로서로

1.
겨우살이야
참나무 옆구리에 너를 심어놓은 새에게
너 고마워해야겠다
너를 먹은 죄를 묻지 않아도 되겠다
부리에 악착같이 달라붙은 너의 저항이 승리했으니
끈적인 고통에 몸부림도 심했을 터이니
슬그머니 용서해줘도 좋겠다
네가 유혹 했잖니?
그치?
그러니까 너그러운 팔을 벌려도 되겠다
먹힘으로 살 수 있었으니 감사해야겠다

2.
새야
겨우살이가 추운 겨울 날
네 일용할 양식이 되어 주었으니 고마워해야겠다
고혹적인 열매로 유혹했어도 미워하진 말아라
얄미운 계산이 들어 있다하나
제 종족을 보존해야하는 필사적인 그들임을
잘 생각해보면
살아남아야하는 본질은 너와 다 같겠거니

단맛 흘려놓고 골탕 먹인 죄를 용서해줘도 괜찮겠다
네 추운 뱃고래가 일순간은 따스했잖니
겨우살이를 미워마라

3.
성자가 된 참나무이시여
당신의 몸을 새의 둥지로 내어주는 것도 모자라
월세도 안 받고
전세도 안 받고
살점에 박힌 겨우살이를 내쫓지 않고
대문을 열어주시다니 정말 숭고하십니다
극성인 벌레들이 인해전술을 펼친 중공군처럼
당신의 잎사귀를 무차별 갉게 허용하시고
당신 안과 밖에서 세상은 이기적으로 흘러가도
어중이떠중이 다 포용하십니다
십자가에 못 박힌 예수가 되어
당신의 몸을 기꺼이 내어주셨습니다

4.
감동이 일어
한여름에도 차갑고 쓴 내 가슴이

따스하다

이 순간

나무를 아는 비법

숲을 사랑하는 이들이여
나무를 공부하려면
그들의 가족을 먼저 알아야 합니다
그 다음엔 어디에 속한지 과를 알아야 합니다
그런 후 연결하여 보면 잘 보입니다

아셨죠?

개다래

당신, 차암 영특하네요
포식자가 두려워
꽃을 잎 뒤에 숨겨 놓다니
그러나 꽃이 작고 왜소해서
꽃가루받이해줄 곤충들을 불러들일 수 없게 되자
또 기지를 발휘해서
이번에는 푸른 잎을 하얗게 변하게 만들어
꽃처럼 위장해서 곤충의 눈에 띄게 하다니
번식이 끝나면 다시 잎 색깔로 돌아간다니
그야말로 자연의 신비네요

아차, 아차!
큰일났네요
며칠 전에 산에 같이 올라간 친구에게
얄팍한 지식을 가지고
살충제를 뿌려놓은 것이라고 말했더랬는데
이 신비로운 사실을

빨
리
!!!

알려 줘야겠어요

미안타, 친구야!

물푸레나무

제 그림자 물에 비치면
물을 더 푸르게 한다

내 그림자도 물에 잠기면 푸르러질까

물푸레의 푸른빛에 풍덩 안기고 싶다
탁한 내 영혼 푸르러지게

나비 떼 싸움

상서로운 일이다
흰나비 떼 혼령으로 찾아온 광릉숲
검은 나비 떼 흐느낌으로 날아든 광릉숲
세조와 단종을 따르던 혼령들이 슬픈 파도로 출렁인다
편을 갈라 번갈아 교차하는 분분한 시위의 날갯짓
어린 단종을 죽인 세조가 지은 불가피한 악업이
역사의 뒤안길이 죽지 않고 재현되는 지금
피처럼 읊조리며 단죄를 묻고 있는
6월의 광릉숲이
흰 물결과 검은 물결로 어지럽다

아프다

*
6월의 광릉숲에는 황다리독나방(흰 나비처럼 생김)이 먼저 날아다니
고 뒤이어 뿔나비(검은 나비)가 날아다닌다.
이 둘은 다 나무들에겐 유해한 곤충이다.
그러나 장마가 한번 지고 나면 둘 다 싹 사라진다.

뽕나무

검은 오디는 시고 달보드레한 맛이 일품이랑께
소화가 잘 되는 효능 또한 있지만서두
단맛에 홀려 너무 많이 먹진 마씨요잉
뽕나무를 좋아하는 노린재라는 놈이
기어 다니면서 청산가리 성분을 묻혀놓고 다닝께
그래서 설라무니네 많이 먹으면
배가 겁나게 아프당께
세상사 일이란 거이
넘치는 것보단 모자란 것이 좋다는 말이
참말로 맞아분당께
참, 뽕나무는 말이시 오디를 먹으면
방귀가 뽕뽕 나와서 뽕이라고 했디야
웃기지만 참 기가 막힌 이름 아닌가벼
맞제?
그제?

뽀옹!

구지뽕

구지뽕은 거문고 줄을 만든다고 합니다
거문고는 선계의 악기로서
전설에 따르면
거문고를 연주하면 학이 날아와 춤을 췄다합니다
거문고는 우리 호흡의 파장과 일치하므로
상대방의 마음속을 알 수 있다고 합니다
그래서 양방향적인 메신저 역할도 한답니다
소리의 선생은 자연이자 하늘이므로
악기를 연주하는 사람 역시
하늘을 알아야 하늘의 소리를 낼 수 있다 합니다
끝으로 '부부 금슬(琴瑟)이 좋다'라고 쓰는
금슬은 바로 거문고와 비파를 나타내는 것입니다

함박꽃나무

- 목란(木蘭)

북한의 국화(國花)입니다
처음에 진달래로 국화를 삼으려 했으나
진달래는 비옥한 땅에서는 못 자라고
거친 땅에서만 자라기 때문에
고심 끝에 함박꽃을 국화로 정했다 합니다
함박꽃으로 꽃차를 만들어 먹으면 향기롭습니다
꽃차를 만들려면 그늘에서 말려야 합니다
꽃눈은 축농증에 좋습니다

*
함박꽃나무(목란[木蘭]): 활엽 교목으로 5~6월에 6~9개의 흰색 꽃잎
에 노란색의 암술, 보라색의 수술을 가진 직경 7~10Cm의 꽃이 핀다. 한
반도의 함경북도를 제외한 전 지역에서 볼 수 있는 자생 수종이다.
목란이 북한에서 지정된 것은 김일성이 지난 1991년 4월 10일에 목란
꽃은 아름다울 뿐만 아니라 향기롭고 생활력이 강하기 때문에 꽃 가
운데 왕이라며 국화로 삼을 것을 지시했다.

씨받이 종류

수매화, 조매화, 풍매화, 충매화가 있습니다
물과 새와 바람과 곤충을 통해 종이 전달됩니다

수매화는 물을 통해 수분을 얻는 식물입니다
붕어마름, 나자스말, 별 이끼, 나사말 등이 있습니다
이 식물 등은 잘 움직이고 가볍습니다

조매화도 새를 통해 수분을 얻는 식물입니다
동백나무, 무궁화, 바나나, 겨우살이 등이 있습니다
이런 식물은 크거나 새가 앉을 수 있는 곳이 있어야 합니다

풍매화도 바람을 통해 수분을 얻는 식물입니다
은행나무, 벼, 소나무 등이 있습니다
이런 식물들은 나무 종류가 많습니다
그 이유는 바람이 어느 방향에서 불어도
큰 몸집으로 바람을 받아내지요

충매화도 곤충을 통해 수분을 얻는 식물입니다
사과, 배, 감, 오렌지 등으로 열매종류가 많습니다

조매화(鳥媒花)

주목나무와 소나무에 붙어사는
겨우살이도 조매화입니다
(보통 참나무에 겨우살이가 많이 붙어삽니다)
주목 잎은 독감 예방에 좋으나
꼭, 날계란을 넣고 끓여 드셔야 합니다
주목 열매에는 독이 있습니다
햄릿에 나오는 글르디올리스가
자기 형인 왕의 귓속에
이 열매를 찧어 넣어 죽인다는 내용이 있습니다만
지금은 이것이 항암 효과가 있다고 밝혀졌습니다
치명적인 것은 경계와 경계에서 아슬거린 것 같습니다
혹시 애의 잎과 열매가 필요하면
꼭, 허락을 받고 가져가시기 바랍니다
그리고 또 병이 나으면 다 나았다고
와서 고마움의 인사를 하셔야 합니다
그래야 얘가 화를 내지 않고
병을 완전히 치료해줍니다
절대 믿거나 말거나 ─ 로 받아들이지 마시기 바랍니다

 광릉숲 단상

제3부
나무 번호

나무 살 속에 박힌 일렬 숫자들이
마치 죄수의 수인번호(囚人番號)같네요
종대와 횡렬로 서서
재판 받을 순서를 기다리는

나무 번호

나무 살 속에 박힌 일렬 숫자들이
마치 죄수의 수인번호(囚人番號)같네요
종대와 횡렬로 서서
재판 받을 순서를 기다리는

아닙니다
십자가에 못 박힌 예수님들이
슬픈 눈빛으로
인간들을 내려 보고 있는 것 같아요

나, 이들의 고통에 감전 되었네요
내 몸에 박힌 못 자국들이 더 이상 아프지 않네요

무능력한 내 연시는 던져 버리고
북채를 들고
신문고를 대신 울려주고 싶네요

인매화(人媒花)

숲 해설가들은 인매화(人媒花)들이십니다
숲과 사람들을 이어주는
그래서 사욕을 덜어주는
자연의 깨끗한 정신을 닮아가게 하는
인간의 몸에도 꽃이 필 수 있다는 것을 알려주는
서로의 열매를 나누게 하는
종(種)을 계산하는 하나와 둘과 셋마저
다 하나라는 섭리로 손잡게 하는
비밀문서를 펼쳐 세상에 알리는 홍보대사이십니다
인간을 자연에 접붙이는 숲 해설가들은
대통령보다 권력이 높은
인매화(人媒花)들이십니다

늘, 고맙고 고맙습니다

수수꽃다리

젊은 남녀여
제가 사랑 점을 봐 드리겠습니다
이 꽃 앞에 서면 티 없이 맑은 소녀의 감성이 느껴지기도
하고
향기 또한 천상의 내음새처럼 환상적이기도 하지요
마악, 사랑을 시작한 연인의 설렘 같은 것은 느낄 수 있습
니다만
제가 이 잎을 따서 반으로 접어 드릴 테니
자, 이로 한 번 지그시 깨물어 보십시오
입이 소태처럼 쓰지요?
네, 바로 사랑은 이렇게 쓴 것입니다
그걸 명심하고 살아가신다면
서로 조금씩 배려하며 지혜롭게
험한 세상 잘 헤쳐 가실 수 있을 겁니다
젊은 남녀여
사랑하다가 힘든 고비를 만나거든
꼭, 이 수수꽃다리 잎의 맛을 기억하십시오

반전

아그배는 사과다

날씨 알림이

솔방울은요

비가 오려고 하면 입을 다물고요

비가 오지 않으면 입을 벌린답니다

죽음에 대하여

자연에는 단절이 없습니다
죽음으로써 새 생명을 다운받기 때문입니다
나무가 죽음으로써
미생물들의 집터가 되어줍니다
죽은 나무는 이산화탄소를 품고 있습니다
생태적 관점에서는 살아있습니다

그러므로 그대로 놔둬야 합니다
수많은 생명을 키우는 산실이 되기 때문입니다
나무와 사람과의 차이점은 바로
대가를 바라지 않는다는 것입니다
그렇다고 사람들이 다 그렇다고는 생각하지 않습니다

김수환 추기경이나 무소유를 쓰신 법정스님 등
수많은 성인들도 속인들과 다릅니다
그분들도 돌아가셨으나 어떤 면에서 살아계시기도 합니다
그 정신이 살아서 우리에게 있기 때문입니다

그러므로

어
떻
게

우리도 잘 살다가
잘 죽을 것인가를 매 순간 생각하며
살아야겠습니다

수학자

나무들은 다 천재다
햇볕을 계산하고 바람을 계산하고
날씨를 계산하고 비를 계산하고
잎사귀의 간격을 계산하고
가지와 줄기와 뿌리가 뻗어나갈 것까지도 철저히 계산하고
봄 여름 가을 겨울을 계산하고
삶과 시간과 관조와 생의 무상까지도
계산하고 계산하고 또 계산하는 계산장이들
피보나치수열 등 수학공식들을 만든 수학자들도
다 나무들을 보고 유레카를 외쳤다니
나무들은 지구상에서 가장 위대한 수학자다

삼라만상의 조화木들이다

*
피보나치수열(Fibonacci sequence): 첫 번째 항의 값이 0이고 두 번째
항의 값이 1일 때, 이후의 항들은 이전의 두 항을 더한 값으로 이루
어지는 수열을 말한다.

자작나무

껍질에 기름 성분이 있어
불을 붙이면 자작자작 탄다고 해서
붙여진 이름이 바로 자작나무라고 합니다
옛날에는 이 껍질을 벗겨 연애편지를 썼답니다
영화 〈닥터지바고〉의 배경이 되기도 했지요

쉽게 불붙어도 좋을 청춘들은
자작나무 숲으로 가세요
사랑이 뜨겁게 타올라 견딜 수 없는 자들은 어서 가보세요
가서 자작자작 뜨거운 불로 뒹굴어 보세요
정열의 한때나마 찬란히 빛날지니

까치박달나무

신라시대 왕비가 한 귀걸이처럼
주렁주렁한 꽃을 늘어뜨리고 있네요
서어나무와 닮았으나 더 크게 늘어뜨린 모습에서
여성들의 장신구 변천사가 읽혀지네요
그러나 친근하다고 해서
열매를 손으로 함부로 만지지 마세요
규소성분이 있어 인체에 해롭기 때문입니다

으름

우리나라 바나나랍니다
먹을 작 것이 없게 작지만
어느 입에 풀칠하기도 민망하게 생겼지만
콩 한쪽도 나눠 먹으려는
우리 민족의 정이 실린

엄
연
히

우리나라 바나나랍니다

*
먹을 작 것이: '먹을 것이'의 전라도 우리 마을 사투리.

마가목

쉿,
귀 좀 대봐봐
이거이 남자 정력에 댑다 좋다는구먼

마로니에나무

칠엽수라고도 합니다
가시가 없는 것이 우리나라 것
가시가 있는 것은 유럽 것

가시가 없다와 있다 앞에서
우리의 온순한 민족성에 비해
거칠고 공격적인 그들의 민족성을
폄하(貶下)하고 싶은
묘한 딜레마에 빠집니다

나무도
자기 나라들을 대표하는
외교대사 같은 존재구나

아님,
낙인(烙印)이거나
낙관(落款)이거나

밤나무

꽃 내음시가 거시기 냄새랑 같텨유
아기를 못난 사람이 맡으면
낳을 수 있다고도 했는디
옛날에는 밤꽃이 피면
여자들을 방에다 가둬놓고
못 나오게 했대유
키득키득 웃어넘길 일만은 아니쥬
남자들의 편협하고 옹졸하고 졸렬한 행동에
희생을 감수해야했을
약자인 여자들의 고충과 한이 익혀지잖아유

시방은 세상 많이 좋아졌쥬
여성 상위시대가 왔으니
그 시대에 안 태어난 것이
참말로 할렐루야쥬

생강나무의 효능

생강나무 꽃 예찬론자로서
한 부분한 말하기엔 방대해서
나름 정리해서 나열한다

생강나무(삼찬풍)

1. 개화기: 3월
2. 꽃색: 노란색
3. 잎: 잎은 호생하며 길이 5~15cm, 나비 4~13cm로서 난형 또는 난상 원형이며 둔두이며 심장저 또는 원저이다. 윗부분이 3~5개로 갈라지지만 가장자리는 밋밋하다. 엽병은 길이 1~2cm로 털이 있다. 잎 뒷면 맥에 털이 있으며 엽병은 길이 1~2㎝이며 털이 있다.
4. 열매는 장과로서 둥글고 지름 7~8㎜이며, 소과경은 길이 1cm이고 녹색에서 황색 또는 홍색으로 변하며 흑색으로 9~10월에 익는다.
5. 꽃은 이가화이고 3월에 잎보다 먼저 피고 황색이며 화경이 없는 산형화서에 많이 달린다. 소화경은 짧으며 털이 있다. 꽃받침 잎은 깊게 6개로 갈라진다. 수술은 9개, 암술은 1개인데 수꽃은 암술이 퇴화하여 있고, 암꽃은 수술이 퇴화하여 있다.
6. 줄기는 높이가 3m에 달하며 수피는 흑회색이고 소지는 황록색이다. 소지와 동아에 털이 없다. 길이 1㎝의 과경이 있다.
7. 뿌리는 굵은 뿌리가 몇 개 있다.
8. 원산지는 한국이다.
9. 봄의 전령사이다. 봄에 산에서 가장 먼저 피는 꽃이다. 개나리꽃보다도 산수유보다도 먼저 핀다.

생강나무의 기원과 성상

생강나무의 가지를 꺾으면 생강과 비슷한 냄새가 나는데, 생강처럼 톡 쏘지 않고 은은하면서도 산뜻한 냄새가 난다. 생강나무는 이른 봄철 꽃이 제일 먼저 피는 나무로 산수유 꽃을 닮은 노란 꽃이 개나리보다 화사하게 피어 봄을 독차지한다. 옛날에 김치를 담을 때 생강이 없었으므로 생강나무 잎에서 나는 생강냄새를 생강 대신 활용했다.

녹나무과에 딸린 낙엽떨기나무로 개동백, 황매목, 단향매, 새양나무, 아기나무 등의 여러 이름으로 불린다.

생강나무는 비슷한 종류가 몇 가지 있다. 잎 뒷면에 털이 있는 털생강나무, 잎의 끝이 세 개로 갈라지지 않고 둥글게 붙어 있는 둥근 생강나무, 잎이 다섯 개로 갈라진 고로쇠 생강나무 등이 있다. 고로쇠 생강나무는 전라북도 내장산에만 자라는 우리나라 특산식물이다.

생강나무에 대해서

1. 생강나무 씨앗으로는 기름을 짠다. 이 기름은 동백기름이라 해서 사대부집 귀부인들이나 고관대작들을 상대하는 이름 난 기생들이 즐겨 사용하는 최고급 머릿기름으로 인기가 높았다. 또 이 기름은 전기가 없던 시절 어둠을 밝히는 등불용 기름으로도 중요한 몫을 했다.
2. 생강나무는 도가나 선가에서 귀하게 쓰는 약재다. 도가의 신당이나 사당에 차를 올릴 때 이 나무의 잔가지

를 달인 물을 사용하는데, 그러면 신령님이 기뻐한다
고 한다.

3. 생강나무의 어린잎이 참새 혓바닥만큼 자랐을 때 따서
   말렸다가 차로 마시기도 한다. 이것을 '작설차'라고도 부
   르는데, 차나무가 귀했던 북쪽지방의 사람들은 생강나
   무차를 즐겨 마셨다. 잎을 따 말려서 튀각도 만들어 먹
   고 나물로도 먹는데, 독특한 향이 나름대로 풍미가 있
   다. 어린잎을 작설차로 마셨을 때 효능은 죽은피를 맑게
   하고 몸을 따뜻하게 하며 뼈와 근육을 튼튼하게 할 뿐
   만 아니라 몸속의 독을 풀어 준다.

4. 산후병, 산후풍에 좋다. 아무 때나 채취해 잘게 썰어 그
   늘에 말린다.

5. 타박상, 어혈, 멍들고 삔 데 효력이 있고 통증에 좋다.

6. 싹이 트기 전에 채취한 어린 가지를 황매목(黃梅木)이라
   하는데 이걸 복용하면 건위제, 복통, 해열, 오한, 산후
   풍에 좋다.

7. 꽃이 진 후 어린잎으로 작설차(참새 혓바닥 크기)를 만든다.

8. 어린잎은 나물로 먹을 수 있다.

생강나무와 산수유나무의 비교

1. 산수유는 꽃잎이 4장이고 생강나무는 꽃잎이 5장이다.

2. 산수유는 줄기가 껍질이 일어나 지저분해 보이나, 생강
   나무는 깨끗하다.

3. 산수유는 잎이 긴 세로줄의 맥이 뚜렷하고 윤기가 나고

긴 타원형이나, 생강나무는 잎에 털이 약간 난 공룡 발
바닥 모양이다.
4. 산수유는 암수 한 그루이고, 생강나무는 암수 딴 그루
이다. 그래서 생강나무는 열매가 있는 것이 있고 없는
것이 있다.
5. 산수유의 전설은 경순왕에 얽힌 이야기가 전한다. 곡두
장이 대나무 밭에 가서 임금님 귀는 길다고 말하고 죽자
대나무밭에서 자꾸 임금님 귀는 길다는 말이 들려와 화
가 난 경순왕이 대나무를 베고 산수유를 심었는데 이번
에는 임금님 귀는 길다 길다 길다 길다하며 들리더란다.
『삼국유사』에 있다.

*

첨언: 지방에서는 생강나무를 '동백나무'라고 부르기도 한다. 김유정
의 단편소설「동백꽃」에서 '알싸하고 향긋한 노란 동백꽃 냄새'라는 표
현이 있는데, 그것은 바로 생강나무 꽃을 말한 것이다.

인간에게

나무가 말씀하셨다

니가 나보다 키가 크니?
덩치가 크니?
인내력이 많기를 하니?
안아줄 줄을 아니?
더불어 살아갈 줄 아니?
오래살기를 하니?

깝죽거리지 말고 겸손히
내게 와서 잘 배워가라

나무가 말씀하셨다

관계의 미학

숲과 소통을 할 때
머리로 하지 말고 가슴으로 해야 해
그래야 숲에게 잘 다가갈 수 있고 친해질 수 있어
사랑한다는 고백을 자주자주 해줘야 해
그러면 숲이 자기 자신을 안아도 된다고 말을 해
또 우리가 아프고 힘들 때 안아주기도 하지
안 그러면 숲이 삐지거든
숲은 머리가 나빠서 한 번 토라지면 오래가거든
그래도 숲은 말이지
마음 변하는 것은 귀신처럼 알아
그러니까 머리로 말고
가슴으로 꼭 사랑해줘야 해

복자기

가을에 가장 단풍이 예쁘게 물든다고 하니

꼭, 가을 속으로 들어가서 구경해야겠다

승전고(勝戰鼓)

첫 매미소리를 들었다
곤파스 태풍 멈춘 뒷날

우리 집 지붕도 홀라당 날아가 버렸는데
광릉숲이 걱정이 되어 미친 듯 달려갔다
.
　.
　　.
(어떡해, 어떡해, 어떡해)
.
　.
　　.
(발만 동동, 마음만 동동)
.
　.
　　.

시간이 흐르자
만 그루가 넘는 동지를 잃은
광릉숲이 서로를 일으켜
풍비박살 난 생을 주섬주섬 꿰매어
다시 껴입는다

서로 깍지 낀 손과 몸에 든 퍼런 멍 자국에
내 갈채(喝采)를 약으로 발라주었다

이탈 맛

삶이 울화통을 내 심장에 놓으면
광릉숲을 향해 달린다
싱싱한 바람과 숲 향기가
굴곡으로 휘어진 내 고통을 와락 껴안아줄 때
비로소 내 비명은 잠잠히 펴진다
삶의 밑바닥에서 울어본 자만이
위로를 받아본 자만이 이 평화에 중독되리
사선과 곡선과 직선의 힘을 어깨에 걸고
수억 나무와 풀과 꽃들의 갈채가
햇볕을 받아 나에게 쏟아부어줄 때
은총 가득한 주인공의 주인공이 된다
그리하여 삶을 살아줄 나를 짊어지고
다시 삶 속으로 들어와
기꺼이 십자가에 못 박혀준다

물물교환(物物交換)

광릉숲이여, 산소를 쏟아 부어 주소서
우리는 조심스레 이산화탄소를 쏟아 부어 주리니
평온의 정점에 다다르면 우리 더불어 행복하리
필터를 교체한 그대들과 우리가 삶의 작업복을 입고
씩씩하고 건강하게 살아가는 일은
대한 사람 대한으로 길이 보전되는 일이 되리
우리 서로 희망의 이름으로
천세천세 만세만세만만세를
누릴 수 있으리

 광릉숲 단상

제**4**부
비술나무
앞에서

외부에서 들어온 수만 가지의 상처라도
결국 내 안의 내가 치료해야함을
나 오늘에서야 깨달았다

왜 깨달음은
발 빠른 토끼의 달음박질로 오지 않고
느려터진 거북이의 걸음으로 오는지

숲의 말

나한테 계산하지 마시게

퍼줘도 내가 더 많이 퍼 줬쌍께

크낙새

생계가 우리를 불러서 가봐야 쓰것다
숲의 풍광도 좋고 산새 물새 다 좋아도
편히 잠들 수 없는 숲이 되어버린 우리의 불편한 안식처여
먹을 것이 없는 숲이 되어버린 광릉 우리들의 보금자리여
그만 안녕을 고하고 짐을 싸서 떠나가야 쓰것다
목구멍이 포도청이라 이만 다른 세상으로
날아가 봐야 쓰것다

생태계가 파괴된 이상 우리가 있을 수 없게 된
안타까운 광릉숲이여
절절한 추억이 깃든 숲이여
미안한 숲이여
잘 있거라

튼튼한 자식들을 데리고 날아올 때까지

광릉숲이여
부디 세세토록 무탈하게 숲을 일으켜 놓으소서
안녕하소서
영원하소서

은행나무는 침엽수이다

활엽수는 말이지
섬유세포 길이가 0.5~2.5mm이고
침엽수는 말이지
섬유세포 길이가 4~5mm이상 이래
사람들은 은행나무를 활엽수로 오해하는데
놀랠 노자이겠지만 침엽수야
왜 그러냐면 섬유세포 길이가 4mm이상이거든
그래서 침엽수로 분류가 되지
또 활엽수의 잎맥은 얼기설기 엉켜 있는데 반해
은행나무 잎맥은 차상맥으로써 나란히 쭉 뻗어 나가는 것이
마치 솔잎을 한 층으로 얇게 펴 붙여놓은 형태거든
또 그거 알아?
공룡 시대에도 있었던 화석 나무라는 사실!
참암 연구대상감이야
그치?

꽃다지

-정길호

내가 당신을 외우지 않았지만
당신에 대한 애길 하라면
평생을 해도 못 다할 것입니다
내가 만일 당신을 외웠다면
잊어버리긴 정말 편했을 겁니다
당신을 내 가슴에 두고 싶어
꽃다지란 그 이름 외진 않을 겁니다

비슬나무 앞에서

광릉수목원 한쪽 편에 키 큰 비슬나무
고개를 뒤로 젖혀 올려다보니
몸통 전체가 꼬질꼬질 검었다
이끼를 짊어지고 사느라
병들었구나 싶어
우두커니 서서 중얼거리자
숲 해설가의 말이 등 뒤에서 들려온다

– 이 검은 흔적들은 보기 흉해 보이지만
놀랍게도 역경을 스스로 이겨낸 자국입니다
가지를 태풍에도 빼앗기고
관리하는 아저씨들에 의해 타의로 잘려나가면
이 녀석은 자신의 몸 안에서 액을 흘려내려 몸을 감쌉니다
이 검은 액으로 연고를 발라서 스스로를 치료하는 것이지요

(아, 아!
살아오는 동안 나에게도 타의에 의해 잘려나간
가지 마디마디의 굴절(屈折)이 많았었어
정말 내 생애가 흔들릴 만큼 아프고 또 아팠었어
그런데도 난 내 상처에다 약을 발라주지 못했어
아프다고 비명 지르기만 했었어
원망만 하느라 내 젊음의 정수리에 火가 타올랐었어
새싹을 틔우고 꽃을 피우는 일 다 하기도 전에

내가 지금까지 시름시름 아파 죽어오고 있었어)

외부에서 들어온 수만 가지의 상처라도
결국 내 안의 내가 치료해야함을
나 오늘에서야 깨달았다

왜 깨달음은
발 빠른 토끼의 달음박질로 오지 않고
느려터진 거북이의 걸음으로 오는지

광릉문화해설사 김진순

그대 심성이 예쁘다
내 작달막한 체구에다
과하게 삶의 화기들을 모아 논 흉물스런 똥배와
출구를 찾지 않는 내 절망스런 살들
먹는 것으로 화풀이하는 내 악순환에다 대고
누군가는 비판하기 바쁜 입만 보태는데
그대는 따스한 마음을 얹혀주네
불필요한 지방을 태우는 약을 선물로 준
침묵 속 응원을 나 다 알겠네
나를 챙기는 마음에 힘입어
뿌리 깊은 독백을 즐기며
하루 5Km를 걷는 동안 삶이 재밌네
용감한 척 감추고 있는 내 분노의 방에
미움을 탕감시키는 방을 꾸미네
고운 맘 나눌 줄 아는 그대
광릉문화해설사 김진순께
나 깃털처럼 가벼워진 영혼이 되어
고개 숙여 감사의 인사를 드리네

불편한 진실

광릉 매미들이 섹스섹스섹스 울부짖다
짧은 생을 다하고 오백년의 나무에서 낙하하자
개미떼들 달려들어
매미의 날개와 머리통을 잘라내 버리고
섹스를 외치던 몸통만 수거해 간다
페르몬 뿌린 길 위에서 침묵의 행진이 비장하다
입으로 울지 않고 생식기로 울었던 매미들의 몸을
욕심내는 것을 보니 저들도 반란을 꿈꾸는 것이리라
섹스 한번 해보지 못하고 여왕개미만을 위해 존재한
일개미로만 살아갈 자신들의 거세된 금욕이 서러웠으리
득도한 괘종 소리를 내던 매미 몸을 저토록
자신들의 꽁지에 붙일 기세로
진화를 꿈꾸는 필사적인 행렬에 내가 다 아프다

한동안 광릉숲에 가지 않았다
섹스를 갈망하는 삶과 죽음의
디테일한 그 현장을 아파했으므로
어쩌면 내가 섹스섹스 울다 죽은 매미이거나
혁명을 꿈꾸는 개미임을 부인하지 못했기 때문인지도

잣나무

천적을 피해 높은 곳에 열매를 맺는
당신의 지혜를 높이 사고 싶습니다
지구 종말이 와도 한 그루의 사과나무를 심는다는
명언이 생각납니다
비록 청설, 다람쥐, 사람들의 탐욕을 다 피할 수 없지만
거센 바람이 무서운 허공 위
거기
당신이 켜 놓은 바람 앞의 촛불 같은 열매가
이상향으로 봉긋 돋아 눈가 시리게 합니다
인생의 시련이 모질도록 매섭더라도
살아야 한다고
살아남아야 한다고
당신은 비장한 비밀문서 같은 씨알 품고 계십니다
내 안에 필사된 당신이 들어왔습니다

참나무 에이즈

말도 안 된다
믿을 수 없다

사람들만이 에이즈에 걸린 줄 알았더니
아름드리 참나무들도 에이즈에 걸린다니

서서 죽어가는 참나무들을 어찌할꼬

불치병이 번져가는 숲과 숲
이산 저산 무섭게 번져도 속수무책

광릉숲에서 시작된 재앙이라니
믿기 싫다, 믿기 싫다

이 참혹함을
부처님께 빌어야 하나
하나님께 빌어야 하나

*
시듦병.

공생

다람쥐가 친구하며 살라고
금강송 발치에 도토리 심어놨네

그 깊은 뜻 받들어
금강송 발로 걷어차지 않고
품어주네

그 깊은 뜻 감사히
도토리 여린 잎 밀어 올리네

광릉숲 속
삶길이 아름답네

고운점박이푸른부전나비

몸통을 어디다 보시하시고
날개를 나란히 접으시고
꽃인 양 누워 계신다

은행나무

나의 중심을 누군가 갉아먹었다
나도 몇 숟갈 떠먹은 죄 또한 있다
탕진한 죗값 분명히 있다
또 나는 누군가에게 나를 파 먹인 잘못도 있다
그래서 속빈 강정처럼 빈 시간이 만만하게 들락거려도
텅, 텅, 텅, 텅, 텅, 텅, 텅엉엉
가슴을 치며 마음껏 울지도 못한다

물렁한 성품이 맵지 못해
바람가는 대로 흔들리며 오가는 되돌이표
앞에서 무능력하게나마
자
조
한
다

– 난 봄을 일으킬 줄 알고
푸른 여름을 통과하여
노란 단풍을 선사하다
초연히 알몸으로 겨울로 돌아갈 줄 안다고.
또한 때를 기다려 푸름을 반복할 수 있는
멋진 순환을 하는 존재이기도 하다고.

봉선사

내가 하도 자주 들락거리니까
스님들 신도인 줄 알고
합장을 하신다

봉선사 아름드리 나무들
버선발로 마중나와
벗 반기듯 하신다

가짜를 진짜로 맞이해 주시니
황송하여
작은 허리
큰 허리로 숙여
감사 인사 드린다

광릉요강꽃

사람들 손때 타지 말라고
그물 속에 가둬 놓으셨네
열매를 아슬아슬 맺혀놓곤
죽고 마셨네

사람들의 지나치게 큰 목소리에
쿵쿵대는 발자국 소리에
카메라 셔터 불빛에 열을 받아
귀한 몸 그만 눈을 감으시어
저승으로 천만리 만만리 가 버리셨네

귀한 몸이라도
손때, 마음 때 함부로 뎁부로
그냥 잡초처럼 잘 좀 사셔주시지

쉿!

쉿!
쉬잇!

이 광릉숲에는
우리 목소리와
발자국과
숨소리와 채취 때문에
죽을 수 있는
요정이 살고 있어

진짜야,
진짜야!

쉿,
크게 떠들지 마!

쉬잇!

광릉숲 동물원은

없앴으면 좋겠어요.

자유가 방생되는 치유의 숲이잖아요?

출입금지구역

광릉숲에는 출입금지 구역이 있답니다

그들이 조용히 광릉숲을 빛낼 수 있게
우리나라를 아름답게 꽃피울 수 있게
우리 서로 들어가지 말라는 곳은
절대 들어가지 말아요.

그들은 아주 소중한 우리 자연유산이거든요.

판도라 상자 아시죠?
절대 금지구역 상자를 열지 말고 길이길이 지켜나가요.
후세대들에게 이 유산을 잘 넘겨주면 좋잖아요.

아셨지요?

광릉숲

숲 해설가 정길호

1. 광릉숲의 메시지

이제부터 가을 산이 전하고자 하는 메시지가 무엇인지 들어보기로 하겠습니다.

나무들을 보십시오! 홀로 살지 않는 나무가 없습니다. 그러나 더 자세히 살펴보면 주변과 함께, 그리고 그 때문에 존재하지 않는 나무가 없습니다.

이들 나무가 전하고자하는 메시지는 무엇일까요? 바로 상생입니다. 서로를 도와 모두가 풍요로워지고 아름다워지는 것, 하나에 하나를 더하면 그 결과는 결코 둘에 머물지 않고 항상 그 이상으로 이어지게 하는…….

수학의 정리로는 이 오묘한 관계가 가져다주는 풍요로움을 결코 설명할 수 없는 원리가 바로 상생 속에 들어있습니다.

2. 단풍의 메시지

저기 아름다운 단풍들이 전하고자 하는 메시지는 무엇일까요?

가을은 모든 것들이 기울어가는 계절입니다. 해는 기울어 낮이 발아래 머무는 시간이 점점 짧아지고, 은하수 하늘도 우리의 눈 바로 위에 기울어집니다. 기울 것들이 모두 기울어 가면 이제 생명들이 품었던 욕망도 사위어갑니다.

뜨거웠던 여름, 나무들이 품고 키워왔던 그 왕성한 생장의 욕망도 점점 사그라집니다.

나무들이 품었던 욕망은 이제 안식을 향해 기웁니다. 그들의 안식은 잎 끝에서부터 단풍으로 시작됩니다.

단풍은 안식의 빛입니다. 생장의 계절 내내 밥을 짓느라 광합성의 노동을 감당했던 잎들이, 또한 몸이 뜨거워지는 것을 막고 적절한 온도를 유지하기 위해 증산을 하느라 수고로웠던 잎들이, 서서히 자신의 노동을 내려놓기 시작했다는 증거입니다. 그것은 그들이 욕망을 정리함으로써 삶을 잇는 훌륭한 방식이고 전략입니다.

달고 있으면 쓸데없이 커질 소비를 줄여 축적한 재산을 지키는 방편이기도 합니다. 단풍으로 빚어내는 잎사귀들의 색을 모두 제 본래의 빛으로 되찾는 것입니다. 욕망을 담보했던 엽록소를 지우고 남는 빛은 본래의 빛입니다. 은행나무는 노란 빛으로, 붉나무는 붉은 빛으로, 그리고 참나무는 흙빛으로 저다워집니다.

3. 낙엽의 메시지

나무는 찰나처럼 짧게 제 빛을 찾은 뒤 이제 본격적인 안식의 시간으로 들어갑니다. 그들의 안식은 어쩌면 지상에서 가장 아름다운 축제입니다.

여름내 저마다 키워낸 성장의 증거들을 알몸으로 보여주며 나무는 서로를 살찌우기 위한 공간을 창출해 냅니다.

나무들이 낙엽을 만드는 것은 더 깊은 안식에 드는 의식이기도 하지만, 동시에 축적의 방식이기도 합니다. 낙엽은 숲의 모든 식물들이 생장에 쓰고 남은 잉여가치입니다. 질소와 인산과 칼륨처럼 소중한 영양소는 몸속으로 다시 회수하여 저장하고 탄소를 중심으로 하는 부차적인 양분들은 잉여가치로 잎에 남겨둡니다.

식물들은 그것을 숲 바닥에 떨어뜨림으로써 다시 생장의 계절에 쓸 거름을 만듭니다. 수많은 미생물과 지렁이와 곤충과 이끼 등 다른 생명들이 그들을 덮고 매만지며 살아갈 것이고, 결국에는 이를 흙으로 되돌려 놓습니다. 궁극적으로 그들은 흙 속으로 돌아간 양분을 흡수하며 해를 잇는 자신의 욕망을 펼칩니다.

가을 산의 단풍은 머지않아 마지막 잎새마저(?) 땅에 떨구고 하나의 사이클을 매듭지을 것이라는 너무도 분명한 메시지입니다. 그래서 가을산은 인생을 생각하게 만듭니다.

우리 사람들도 나무들처럼 자신의 노동에 정직하고 그것을 다시 되돌릴 줄 아는 아름다운 부자가 많아질 때 사람의 숲도 더 풍요로운 공간이 되겠지요. 우리가 나눔과 기부를 실천하고자 한다면 그것은 결코 생각만으로는 끝나지 않을 것입니다.

4. 나무의 메시지

저 죽어가는 숲의 생명들로부터는 어떠한 메시지가 들리나요?

실로 죽는다는 것은 본래의 모습으로 돌아가는 것입니다. 돌아간다는 것은 소멸이자 부활입니다. 이번의 삶이 썩어 사라지고 다시 누군가의 삶속으로 스며들어 새롭게 지속되는 생명 순환의 한 과정입니다. 따라서 돌아간다는 것은 그 순환의 흐름에 나를 맡기는 것입니다. 우주의 섭리를 따라 돌아가는 길 위에 서 있는 나무들은 알고 있습니다.

무엇을 남겨야 하고 무엇을 내려놓아야 하는지, 어떻게 소멸해야 하고 어떻게 본래의 모습으로 돌아가야 하는지 이제 사람도 그것을 알아야 합니다.

5. 생명을 담은 메시지

신이 한 생명에게 두 번의 삶을 주지 않은 까닭은 살아 있는 시간에 충실하여 후회가 없게 하라는 뜻이겠지요.

초목이 초목답게 열심히 살아 잎을 내고 꽃을 피우고 산소를 만들고 비를 만들고 수많은 생명들이 기댈 공간을 만들어 내면서 후회를 남기지 않듯이 사람은 사람답게 살아 그것으로 후회가 없어야 한다는 뜻일 것입니다.

그것이 살아 있음에 부여한 신의 소명입니다.

죽음 또한 그러합니다. 모든 죽음에는 새로운 소명이 기다리고 있습니다.

생명은 죽어서는 이 별의 생명을 부양하는 물질로 순환하며 새로운 소명을 수행해야 합니다.

초목이 그 시신을 통해 이끼를 키우고 애벌레를 키우고 새를 키우고 마침내 흙으로 되돌아가서 산 생명의 영양분이 되듯이 우리 사람의 주검도 미련 없는 흙이 되어 이 푸른 별의 생명을 부양해야 합니다.

우리는 죽음을 두려워 하지만 죽지 않고는 새로운 생명이 태어날 수 없습니다. 순환이 멈춘 자리에서 생명도 멈춥니다.

지구가 푸른빛의 별일 수 있는 이유가 여기에 있습니다.

우리가 그 누구에게 아름답고 향기로운 사람으로 기억되는 것도 순환의 원리일 것입니다.

6. 숲의 메시지

저기 나무들이 키운 가지의 끝이 만들어내는 선으로부터는 어떤 메시지가 들리나요? 나무들은 모두가 똑같이 키를 키우지 않고 옆을 보며 둥글어 집니다.

그것이 빛을 나누는 법이라는 것이라고 속삭이는 메시지를 들을 수 있습니다.

우리는 물질순환의 자연의 질서로부터 재활용의 지혜를 배워야 합니다. 종이컵 하나라도 쓰지 않으려는 마음이 우리에게 있었으면 좋겠습니다.

스티브 잡스가 '죽음은 생이 만든 최고의 발명품이며 죽음은 누군가의 기억 속에 들어가 앉는 것이다'라고 말한 것처럼 죽음을 두려워 할 이유가 없습니다.

두려워할 것은 오히려 살고 있으되 살아 있음에 철저하지 못하고 죽음의 때에 이르러서도 그 죽음에 철저하지 못한 우리의 삶입니다.

정말 두려워해야 할 일은 신이 우리에게 부여한 삶과 죽음의 기회를 헛되게 하는 것입니다.

7. 더불어 사는 삶

삶은 소유가 아니라 순간순간의 '있음'입니다. 영원한 것은 없다. 모두가 한때일 뿐 그 한때를 최선을 다해 최대한으로 살 수 있어야 합니다.

삶은 놀라운 신비요, 아름다움입니다. 그 순간순간이 아름다운 마무리이자 새로운 시작이어야 합니다. 이제 우리는 무엇이 되기보다는 어떻게 사느냐가 중요하다는 것을…….

목적에 집착하지 말고 순간순간 온몸으로 실천하는 삶을 살아야 한다는 것을 광릉숲으로부터 한 수 배웠습니다.

내가 당신을 외우진 않았지만
당신에 대한 얘길 하라면
평생을 해도 못 다할 것입니다
내가 만일 당신을 외웠다면
잊어버리긴 정말 편했을 겁니다
당신을 내 가슴에 두고 싶어
꽃다지란 그 이름 외진 않을 겁니다

자연을 안다는 것은 결코 나무와 들꽃의 이름을 많이 아는 것이 아닙니다. 비록 작은 생명일지라도 그 아름다움과 그 아름다움과 생명의 경이로움에 감탄하는 것입니다. 우리에게 중요한 것은 얼마나 많은 것을 보았는가보다 '어떠한 마음의 눈으로 보았는가'입니다.

헬렌 켈러는 「내가 사흘 동안 볼 수 있다면」에서 내일이면 더 이상 할 수 없는 일임을 알게 되면 오늘 내가 할 수 있는 일들이 얼마나 소중하고 놀라운 일인지 깨닫게 될 것이라고 하였습니다.

끝이 있는 삶을 향해 절실하게 묻고 가까이 있는 것에서부터 구체적으로 사유하며 한 걸음씩 그 끝을 내딛을 때 우리의 삶은 빛날 것입니다.

나무가 숲을 모두 지배하려는 욕심을 품지 않고 들풀이 제자리가 아닌 곳을 탐하지 않는 것처럼 숲 생명체들의 삶

(나고, 이루고, 죽는 것의 지혜)을 통해 우리가 더불어 사는 삶, 새로운 희망의 길을 찾고자 하는 기회가 되었으면 합니다.

『광릉숲 단상』을 읽고

광릉문화해설사 김진순

광릉숲은
조선 제7대 임금이신 세조와 정희왕후의 능침인
광릉이 광릉숲의 모태가 되었습니다.

문화유산과 생물권보전지역인 자연유산으로
함께 세계유산으로 지정되어
많은 사람들의 사랑을 받고 있는 명소입니다.

몸과 마음이 쉬어가는 쉼터 숲속에서
몸과 마음이 치유 받는 숲속에서
이윤선시인의 감수성과 숲에 대한 해박함은
다시 한 번 감탄하게 합니다.

당신에게서는
삶을 살아갈 때 필요한 융통성을 배워갑니다

당신은 눈이 많이 내려서 가지를 무겁게 하면

흔들어 털어버림으로써
외부로부터 들어오는 무거움과 번뇌들까지도
비워냄으로써 여유롭고 풍요로운 삶을 살아가신다니
당신의 고요한 정신이 존경스러워
해 그림자로 길어진 당신을 꼭 안아봅니다

당신은 이 작은 몸으로도 탐욕과 근심이 두 짐이나 되어
무겁게 비틀거리며 걸어 여기까지 온
내 머리까지 털어주셨습니다
내 영혼이 가벼워졌습니다
                              -「독일 가문비나무」 중에서

일상의 지친 몸과 마음을
자연의 품안에서 위안 받고 치유할 수 있다는 깨달음이
이 작품 속에서 배어나옵니다.

상쾌한 숲 향기를 휘감고
하늘에 닿을 듯 치솟은 울창한 숲은
언제나 그 자리에서 우리 인간들을 포근히 감싸주며
우리의 삶이 지금보다 한 뼘 더 행복하고
건강해지길 바라고 있는 듯합니다.

『광릉숲 단상』은 숲에 대한 당신의 고운 사랑과
삶을 새롭게 그려가며
우리에게 인생에 대한 진정한 의미를
깨닫게 해주는 작품입니다.

국립수목원은 1997년 정부대책으로 수립된 광릉숲 보전대책의 성과 있는 추진을 위하여 1999년 5월 24일 임업연구원 중부임업시험장으로부터 독립하여 신설된 국내 최고의 산림 생물종 연구기관으로 식물과 생태계에 대한 다양한 역할을 담당하고 있다. 국립수목원은 산림식물의 조사와 수집, 증식 및 보존, 산림생물표본의 수집과 분류, 제작 및 보관의 업무를 하고 있으며, 국내외 수목원 간 교류협력 및 유용식물의 탐색 확보, 산림식물자원의 정보 등록 및 유출입 관리도 하고 있다. 또한 산림에 대한 국민 교육 및 홍보와 광릉숲의 보존을 임무로 한다. 이를 위해 국가식물자원 관리시스템 구축, 식물보존센터 설치운영, 전문수목원의 기능 보완 및 확대 조성, 국내외 유용식물의 탐색 확보, 산림생물표본관의 건립, 국민 교육 및 홍보 확대, 수목원 전문 도서관 설치, 광릉숲의 생태계 보전 관리업무에 주력하고 있다.

국립수목원은 1,120ha의 자연림과 102ha에 이르는 전문전시원, 산림박물관, 산림생물표본관, 산림동물보전원, 난대온실, 열대식물자원연구센터 등으로 구성되어 있다.

전문전시원의 경우 1984년부터 조성하기 시작하여 1987년에 완공되었으며, 식물의 특징이나 기능에 따라 22개의 전시원으로 구성되어 있다. 1987년 4월 5일 개관한 산림박물관은 우리나라 산림과 임업의 역사와 현황, 미래를 설명하는 각종 임업사료와 유물, 목제품 등 11,300점에 이르는 자료들이 전시되어 있다. 1991년 개원한 산림동물보전원에는 백두산호랑이, 반달가슴곰, 늑대, 수리부엉이 등 12종의 포유류와 조류가 보전되어 있다.

2003년도에 완공된 산림생물표본관 국내외 식물 및 곤충표본, 야생동물 표본, 식물종자 등 94만점 이상이 체계적으로 저장 관리되고 있으며, 2008년도에 완공된 열대식물자원연구센터에는 족보가 있는 열대식물 3,000여종이 식재되어 연구에 활용되고 있다.

〈광릉수목원〉 경기도 포천시 소흘읍 광릉수목원로 415
(지번: 경기도 포천시 소흘읍 직동리 51-7)

세조(世祖) (1417~1468)

조선 제7대 왕 세조(世祖)의 재위기간은 1455~1468까지 하였다.

세조의 비 정희왕후(貞熹王后) 윤씨(1418~1483)도 광릉에 같이 있다.

조선 왕릉 최초로 왕과 왕비의 능을 서로 다른 언덕 위에 따로 만든 동원이강릉(同原異岡陵) 형식을 취하였고, 두 능의 중간지역에 하나의 정자각(丁字閣)을 세웠다.

세조의 유언에 따라 봉분 내부에 돌방을 만들지 않고 회격(灰隔; 관을 구덩이 속에 내려놓고, 그 사이를 석회로 메워서 다짐)으로 처리하였다. 무덤 둘레에 병풍석을 세우지 않았으며, 이전에 병풍석에 새겼던 12지신상은 난간석에 새겼다. 능역 아래쪽에는 홍살문에서 정자각에 이르는 길인 참도(參道)가 생략되어 있다.

이렇게 간소하게 능을 조성함으로써 부역인원과 조성비용을 감축하였는데 이는 조선 초기 능제(陵制)에 변혁을 이루는 계기가 되었고, 이런 상설제도는 이후의 왕릉 조성에 모범이 되었다. 능 주위에는 문인석, 무인석, 상석, 망주석, 석호(石虎), 석양(石羊) 등의 석물이 배치되어 있다.

의정부의 정책결정권을 폐지, 재상의 권한을 축소시키고 6조의 직계제를 부활시켜 왕권을 강화했으며, 이시애의 난(1467)을 계기로 유향소를 폐지하고 토호 세력을 약화시키는 등 중앙집권체제를 강화하였다.

국방력 신장에 힘써 호적호패제를 강화, 진관체제를 실시하여 전국을 방위체제로 편성하였으며 중앙군을 5위 제도로 개편하였다. 북방개척에도 힘써서 북정을 단행, 신숙주로 하여금 두만강 건너 야인을 소탕하게 하고, 서정을 단행, 강순, 남이, 어유소 등으로 건주 야인을 소탕하는 등 서북면 개척에 힘쓰는 한편, 하삼도 백성을 평안, 강원, 황해도에 이주시키는 사민정책을 단행하는 등 국토의 균형된 발전에 힘썼고 각도에 둔전제를 실시하였다.

경제정책에서 과전법의 모순을 시정하기 위하여 과전을 폐하고 직전법을 실시, 현직자에게만 토지를 지급하여 국가수입을 늘렸다. 또한 궁중에 잠실을 두어 비와 세자빈으로 하여금 친히 양잠을 권장하도록 하는 한편, 『사시찬요』, 『잠서주해』, 『양우법초』 등의 농서를 간행하여 농업을 장려하였다.

성삼문 등 집현전 학사들이 단종 복위운동에 가담하자 집현전을 폐지하였으나, 문교면에도 진력하여 제도를 정비하고 많은 서적을 편찬하였다. 그는 즉위 전에 『역대병요』, 『오위진법』을 편찬했으며, 1465년에는 발영시, 등준시를 두고 인재를 널리 등용하였다. 『역학계몽요해』, 『훈사십장』, 『병서대지』 등 왕의 친서를 저술하고 『국조보감』, 『동국통감』 등의 사서를 편찬하도록 했다. 국초 이래의 『경제육전』, 『속육전』, 『원육전』, 『육전등록』 등의 법전과 교령, 전례를 종합 재편하여 법전을 제정하고자 최항, 노사신 등에게 명하여 『경국대전』을 편찬하게 함으로써 성종 때 완성을 보게 한 것은 그의 치적 중에서도 특기할 만하다. 그는 불교를 숭상하여 1461년(세조 7) 간경도감을 설치하고 신미, 김수온

등에게 『법화경』, 『금강경』 등 불경을 간행하게 하는 한편, 『대장경』 50권을 필인하기도 했다.

〈왕릉〉 경기도 남양주시 진접읍 부평리 산99-2번지. 사적 제197호.

단종(端宗) (1441~1457)

이름 홍위(弘暐). 문종(文宗)의 아들. 어머니는 현덕왕후(顯德王后) 권씨(權氏). 비(妃)는 돈령부판사(敦寧府判事) 송현수(宋玹壽)의 딸인 정순왕후(定順王后). 1448년(세종 30) 왕세손(王世孫)에 책봉되고, 1450년 문종이 즉위하자 세자(世子)에 책봉되었다. 1452년 문종의 뒤를 이어 왕위(王位)에 올랐는데, 그 전에 문종은 자신이 병약하고 세자가 나이 어린 것을 염려하여 황보인(皇甫仁), 김종서(金宗瑞) 등에게 세자가 즉위하여 왕이 되었을 때의 보필을 부탁하였다.

한편 집현전(集賢殿)의 학사인 성삼문(成三問), 박팽년(朴彭年), 신숙주(申叔舟) 등에게도 좌우협찬(左右協贊)을 부탁하는 유언을 내렸다. 그런데 1453년 그를 보필하던 황보인, 김종서 등이 숙부인 수양대군(首陽大君)에 의해 제거 당하자, 수양대군이 군국(軍國)의 모든 권력을 장악하였으며, 단종은 단지 이름뿐인 왕이 되었다. 1455년 단종을 보필하는 중신(重臣)을 제거하는 데 앞장섰던 한명회(韓明澮), 권람(權擥) 등이 강요하여 단종은 수양대군에게 왕위를 물려주고

상왕(上王)이 되었다.

 1456년 성삼문, 박팽년, 하위지(河緯地), 이개(李塏), 유응부(俞應孚), 유성원(柳誠源) 등이 단종의 복위(復位)를 도모하다가 발각되어 모두 처형된 후 1457년 상왕에서 노산군(魯山君)으로 강봉(降封)되어 강원도 영월(寧越)에 유배되었다. 그런데 수양대군의 동생이며 노산군의 숙부인 금성대군(錦城大君)이 다시 경상도의 순흥(順興)에서 복위를 도모하다가 발각되어 사사(賜死)되자 노산군에서 다시 강등이 되어 서인(庶人)이 되었으며, 끈질기게 자살을 강요당하여 1457년(세조 3) 10월에 영월에서 죽었다.

 단종 복위운동을 하다가 죽음을 당한 성삼문 등의 6명을 사육신(死六臣)이라 하고, 수양대군의 왕위찬탈(王位簒奪)을 분개하여 한평생을 죄인으로 자처(自處)한 김시습(金時習) 등 6명을 생육신(生六臣)이라 한다. 단종의 억울한 죽음과 강봉(降封)은 200여 년 후인 1681년(숙종 7)에 신원(伸寃)되어서 대군(大君)에 추봉(追封)되었으며, 1698년(숙종 24) 임금으로 복위되어 묘호(廟號)를 단종이라 하였다. 능은 단종이 목숨을 끊은 강원도 영월의 장릉(莊陵)이다.

〈장릉〉 강원 영월군 영월읍 영흥리. 사적 제196호.

신숙주(申叔舟) (1417~1475)

조선 초기의 문신으로 영의정을 지냈으며 4차례 공신의 반열에 올랐던 인물이다.

본관은 고령(高靈)이고 자는 범옹(泛翁)이며 호는 보한재(保閑齋), 희현당(希賢堂)이고 시호는 문충(文忠)이다.

주요저서는 『보한재집(保閑齋集)』등이 있다.

아버지는 공조 참판 신장(申檣)이며, 어머니는 지성주사(知成州事) 정유(鄭有)의 딸이다.

조선 전기의 문신으로 1438년(세종 20) 생원과 진사를 뽑는 시험에 모두 합격하였고, 이듬해 시행된 친시문과(親試文科)에서 을과로 급제하여 전농시(典農寺) 직장直長)을 시작으로 관직생활을 시작하였다. 그리고 1447년 중시문과(重試文科)에서 다시 을과로 급제하는 등 일찍부터 그 재능을 인정받아 집현전 부수찬(副修撰), 응교(應敎), 장령(掌令), 집의(執義), 우부승지(右副承旨), 좌부승지(左副承旨), 직제학(直提學) 등을 두루 역임하였다. 세종의 두터운 신임을 받았고 훈민정음을 창제하는데 기여하였다.

세종대왕이 사망하고 문종이 보위에 올랐지만 건강이 나빠 일찍 사망하고 어린 단종이 왕위를 이어받아 왕권이 취약해졌다. 신숙주는 정치적으로 수양대군 편에 있었고 1453년 계유정난(癸酉靖難)을 일으킨 직후 곧바로 도승지에 임명되었고, 세조가 등극했을 때는 대제학에 오르며 출세가도를 달렸다. 단종복위를 위해 거사를 일으켰던 성삼문 등 집현전 동료들을 척결하는데 앞장을 섰고, 금성대군과 단종을 죽여야 한다고 주장하여 변절자로 불렸다. 이후 병조판서, 예조판서, 우찬성, 대사성 등을 거쳐 우의정, 좌의정, 영의정을 지내 삼정승의 요직을 모두 역임하는 등 조선 초기 핵심 정치지도자로서 활약하였다.

그는 서장관의 직책으로 일본은 물론 명나라를 수차례 다녀오는 등 뛰어난 외교술도 가지고 있었다. 세종 때는 훈민정음 창제를 위한 자료 수집과 언어학을 배우기 위해 명나라 한림학사인 황찬(黃瓚)을 만나러 13차례나 다녀왔고, 문종 때는 정사(正使)로 가는 수양대군을 모시고 서장관으로 함께 다녀왔다. 이후에도 세조의 왕위 등극을 알리기 위한 주문사(奏聞使)로 명나라를 다녀왔다. 뿐만 아니라 명나라에서 오는 사신을 접대하는 접반사(接伴使)의 역할도 담당하는 등 국내외의 중요한 문제들을 해결하는데 큰 공을 세웠다. 세종 때 명나라 사신 예겸(倪謙)이 조선에 왔을 때 많은 조선의 대신들이 그의 모습을 보고 학문이 짧다고 무시하였으나, 막상 한강을 유람하면서 시문을 주고받을 때는 그를 당할 자가 없어 급히 궁궐에 있던 신숙주가 가서 그를 상대하여 서로 형제의 의를 맺었다는 기록도 전한다.

조선 초기 정치적 격동기에 벼슬생활을 하면서 많은 공신에 추대되기도 하였다. 수양대군이 계유정난(癸酉靖難)을 일으켰을 때 정난공신(靖難功臣), 세조가 즉위한 후 좌익공신(佐翼功臣), 남이(南怡)의 옥사를 처리한 후 익대공신(翊戴功臣), 성종이 즉위한 후 좌리공신(佐理功臣)에 오르는 등 정

치적 사건의 핵심에 늘 함께하였다. 이로 인해 당시 사육신
(死六臣)과 생육신(生六臣)으로 대표되는 정치논리 상황에서
변절자로 비판의 대상이 되기도 하였지만 외교와 국방 등
두루 능력을 발휘하였다.

1460년(세조 6)에는 동북방면에서 야인(野人)의 침입이 잦
아지자 좌의정의 신분으로 있다가 강원, 함길도 도체찰사
(?)에 임명되어 전쟁에 출정하였다. 이 전쟁에서 뛰어난 전
술을 구사하여 야인의 소굴을 소탕하고 돌아오는 등 병법
에도 조예가 깊었다.

그는 학문적 소양이 깊어 다양한 책을 편찬하는데도 업
적을 남겼다. 『세조실록』과 『예종실록』의 편찬은 물론 『동국
통감』의 편찬을 총괄하였고, 『국조오례의』도 개찬하였다.
그리고 일본을 다녀 온 후 보고 들은 것을 토대로 일본의
풍물과 정치세력, 외교 시 필요한 사항 등을 상세하게 밝혀
놓은 『해동제국기』를 저술하여 향후 일본과의 외교에 도움
이 되도록 하였다.

이 외에도 송설체에 조예가 깊어 〈몽유도원도〉의 찬문
에 그의 글씨가 남아 있고, 그의 해서체는 명나라 사신으
로 왔던 예겸의 시집인 『화명사예겸시고(和明使倪謙詩稿)』에
남아있다. 또한 저서로는 『보한재집(保閑齋集)』이 있으며, 한
강 하류인 마포에 담담정(淡淡亭)이라는 정자를 짓고 문인
들과 교유하였다.

성삼문(成三問) (1418~1456)

본관은 창녕(昌寧)이고, 자는 근보(謹甫), 눌옹(訥翁)이며 호는 매죽헌(梅竹軒)이고 시호는 충문(忠文)이다. 주요저서는 『성근보집(成謹甫集)』이 있다.

조선 전기의 문신이며 학자. 세종 때 『예기대문언두』를 편찬하고 한글 창제를 위해 음운 연구를 해서 정확을 기한 끝에 훈민정음을 반포케 했다. 세조가 단종을 몰아내고 왕위에 오르자 단종의 복위를 협의했으나 김질(金礩)의 밀고로 체포되어 친국(親鞫)을 받고 처형되었다.

사육신의(死六臣) 한 사람이다. 1418년(태종 18) 무관 성승(成勝)의 장남으로 태어났다. 출생 시 그의 모친이 꿈에서 '낳았느냐?'라는 질문을 세 번 받았다고 해서 이름은 삼문(三問)이라고 지었다. 1435년(세종 17) 생원(生員)시에 합격하였고 1438년 식년문과(式年文科)에 급제하였다. 1447년 문과중시(文科重試)에 장원하였고, 경연 시강관(侍講官), 사간원 우사간(右司諫), 집현전 부제학(副提學), 예조 참의(參義), 동부승지(同副承旨), 우좌부승지(右左副承旨) 등을 역임했다. 그 후 왕명으로 신숙주(申叔舟)와 함께 『예기대문언두(禮記大文諺讀)』를 편찬하고 경연관(經筵官)이 되어 세종의 총애를 받았다.

1442년 박팽년(朴彭年), 신숙주, 하위지, 이석정(李石亭) 등과 삼각산 진관사(津寬寺)에서 사가독서(賜暇讀書)를 했고, 한글의 창제를 위해 정인지(鄭麟趾), 최항(崔恒), 박팽년, 신숙주, 강희안(姜希顔), 이개(李塏) 등과 함께 요동(遼東)에 유배되어 있던 명나라의 한림학사(翰林學士) 황찬(黃瓚)에게 13번이나 내왕하면서 음운(音韻)을 질의하고 다시 명나라에 건너가 음운 연구를 겸하여 교장(敎場)의 제도를 연구, 그 정확을 기한 끝에 1446년 9월 29일 훈민정음(訓民正音)을 반포하는데 큰 공을 세웠다.

1455년 세조가 단종(端宗)을 몰아내고 왕위에 오르자, 1456(세조 2)년 6월 명나라 사신이 귀국하는 환송연 자리에서 아버지 성승(成勝)과 무인 유응부(俞應孚) 등이 세조일파를 척결하고 단종복위를 계획하였다가 모의에 가담했던 김질이 실패를 우려하여 이를 밀고하여 성삼문 등 가담자 박팽년, 유응부, 이개, 하위지 등 전원이 처벌되었다. 체포되어 친국(親鞫)을 받고 다른 주모자들과 함께 작형(灼刑)을 당하였고, 군기감(軍器監) 앞에서 거열형(車裂刑)을 받았다. 유성원은 자살하였다. 이어 아버지 승도 주모자의 한 사람으로 극형에 처해졌고, 삼빙(三聘), 삼고(三顧), 삼성(三省) 세 동생과, 맹첨(孟詹), 맹년(孟年), 맹종(孟終)과 갓난아기 등 네 아들도 모두 처형되었고, 여자들은 모두 노예가 되었다.

1691(숙종 17)년에 사육신의 관직이 복구되고 민절(愍節)이라는 사액을 내려 노량진에 '민절서원'을 세워 신위를 모시게 했다. 그 밖에 홍주(洪州) 노은동(魯恩洞)에 있는 그의 옛

집 녹운서원(綠雲書院), 영월의 창절서원(彰節書院), 의성의 학산 충렬사(鶴山忠烈祠), 창녕의 물계세덕사(勿溪世德祠), 연산(連山)의 충곡서원(忠谷書院) 등에 6신과 함께 제향되고 있으며, 1758년(영조 34)에는 이조판서가 추증되었다. 문집에 『성근보집(成謹甫集)』이 있다.

〈성삼문 묘〉 충청남도 논산시 가야곡면 양촌리. 충남문화재 제81호.

김시습(金時習) (1435~1493)

본관은 강릉(江陵). 자는 열경(悅卿), 호는 매월당(梅月堂), 청한자(淸寒子), 동봉(東峰), 벽산청은(碧山淸隱), 췌세옹(贅世翁), 법호는 설잠(雪岑). 서울 출생. 생육신의 한 사람.

그의 선대는 원성왕의 아우 김주원(金周元)이다. 그의 비조(鼻祖)는 고려시대 시중을 지낸 연(淵), 태현(台鉉)으로 전하고 있으나 이는 잘못 전해진 것이다. 『매월당집』의 세계도(世系圖)에 의하면 김인존(金仁存)이 맞다.

증조부 김윤주(金允柱)는 안주목사(安州牧使), 할아버지 김겸간(金謙侃)은 오위부장(五衛部將), 아버지 김일성(金日省)은 음보(蔭補)로 충순위(忠順衛)를 지냈으며, 그의 어머니는 울진 선사 장씨(仙槎張氏)이다.

김시습의 생애를 알려주는 자료로는 『매월당집』에 전하는 「상류양양진정서(上柳襄陽陳情書)」, 윤춘년(尹春年)의 전기(傳記), 이이의 전기, 이자(李秄)의 서문(序文), 『장릉지(莊陵誌)』, 『해동명신록』, 『연려실기술』 등이 있다.

김시습은 서울성균관 부근에서 태어났다. 1437년(세종 19) 3살 때부터 외조부로부터 글자를 배우기 시작하여 한시를 지을 줄 아는 천재였다. 『정속(正俗)』, 『유학자설(幼學字說)』, 『소학(小學)』을 배운 후 5세 때 이미 시를 지을 줄 알아서 그가 신동(神童)이라는 소문이 당시의 국왕인 세종에게까지 알려졌다. 세종이 승지를 시켜 시험을 해보고는 장차 크게 쓸 재목이니 열심히 공부하라고 당부하고 선물을 내렸다고 하여 '오세(五歲, 5세)'라는 별호를 얻게 되었다.

5세인 1439년(세종 21)에는 이웃집에 살고 있던 예문관 수찬(修撰) 이계전(李季甸)으로부터 『중용』과 『대학』을 배웠고, 이후 13세인 1447년(세종 29)까지 이웃집의 성균관 대사성김반(金泮)에게서 『맹자』, 『시경』, 『서경』을 배웠고, 겸사성윤상(尹祥)에게서 『주역』, 『예기』를 배웠고, 여러 역사책과 제자백가는 스스로 읽어서 공부했다.

1449년(세종 31)에는 어머니 장씨를 여의자 15세의 나이로 외가의 농장 곁에 있는 어머니의 무덤 옆에서 여막을 짓고 3년 상을 치렀다. 그러나 3년 상이 끝나기도 전에 그를 어머니처럼 돌보아주던 외숙모가 별세하였고, 당시 아버지는 계모를 맞아들였으나 병을 앓고 있는 상황이었다.

이 무렵 그는 훈련원도정(訓鍊院都正) 남효례(南孝禮)의 딸과 혼인하였으나, 원만한 가정이 되지 못하였다. 어머니의 죽음은 인간의 무상함을 깨닫게 되었고, 18세에 송광사에서 선정에 드는 불교입문을 하였다. 그 후 삼각산(三角山) 중흥사(重興寺)로 들어가 공부를 계속하였다.

21세 때인 1455년(세조1) 수양대군(首陽大君, 세조)의 왕위찬탈 '계유정난(癸酉靖難)' 소식을 듣고, 3일간 통곡을 하고보던 책들을 모두 모아 불사른 뒤 스스로 머리를 깎고 승려가 되어 산사를 떠나 전국 각지를 유랑하였다.

사육신이 처형되던 날 밤, 온 장안 사람들이 세조의 전제에 벌벌 떨고 있을 때에 거리에서 거열형(車裂刑)에 처해진 사육신의 시신을 바랑에 주섬주섬 담아다가 노량진 가에 임시 매장한 사람이 바로 김시습이었다고 전한다. 그리고 이후 그는 관서지방을 유람하며 역사의 고적을 찾고 산천을 보면서 많은 시를 지었다. 이는『매월당집』에『탕유관서록(宕遊關西錄)』으로 남아 있다.

그가 쓴 발문에서 방랑을 시작한 동기를, '나는 어려서부터 성격이 질탕(跌宕)하여 명리(名利)를 즐겨하지 않고 생업을 돌보지 아니하여, 다만 청빈하게 뜻을 지키는 것이 포부였다. 본디 산수를 찾아 방랑하고자 하여, 좋은 경치를 만나면 이를 시로 읊조리며 즐기기를 친구들에게 자랑하곤하였지만, 문장으로 관직에 오르기를 생각해 보지는 않았다. 하루는 홀연히 감개한 일(세조의 왕위찬탈)을 당하여 남아가 이 세상에 태어나서 도(道)를 행할 수 있는데도 출사하지 않음은 부끄러운 일이며, 도를 행할 수 없는 경우에는 홀로 그 몸이라도 지키는 것이 옳다고 생각하였다'고 적었다.

26세 때인 1460년(세조 6)에는 관동지방을 유람하여 지은 시를 모아 『탕유관동록(宕遊關東錄)』을 엮었고, 29세인 1463년(세조 9) 때에는 호남지방을 유람하여 『탕유호남록(宕遊湖南錄)』을 엮었다.

그해 가을 서울에 책을 구하러 갔다가 효령대군(孝寧大君)의 권유로 세조의 불경언해사업(佛經諺解事業)에 참가하여, 교정(校正)일을 맡아 열흘간 내불당에 거쳐한 일이 있었다. 1465년(세조 11) 원각사 낙성식에 불려 졌으나 짐짓 뒷간에 빠져 벗어날 수 있었다.

그러나 평소에 경멸하던 정창손(鄭昌孫)이 영의정이고, 김수온(金守溫)이 공조판서로 봉직하고 있는 현실에 불만을 품고 31세 때인 1465년(세조 11) 봄에 경주로 내려가 경주의 남산인 금오산(金鰲山)에 금오산실(金鰲山室)을 짓고 칩거하였다. 이때 매월당이란 호를 사용하였다.

이곳에서 31세(1465) 때부터 37세(1471)까지 우리나라 최초의 한문소설로 불리는 『금오신화』를 비롯한 수많은 시편들을 『유금오록(遊金鰲錄)』에 남겼다.

그동안 세조와 예종이 죽고 성종이 왕위에 오르자 1471

년(성종 2) 37세에 서울로 올라와 이듬해 성동(城東) 폭천정
사(瀑泉精舍), 수락산 수락정사(水落精舍) 등지에서 10여 년
을 생활하였으나 자세한 것은 알려지지 않고 있다.

1481년(성종 12) 47세에 돌연 머리를 기르고 고기를 먹으
며, 안씨(安氏)를 아내로 맞아들여 환속하는 듯하였으나, 이
듬해 '폐비윤씨사건(廢妃尹氏事件)'이 일어나자, 다시 관동지
방 등지로 방랑의 길에 나섰다. 당시 양양부사(襄陽府使)였
던 유자한(柳自漢)과 교분이 깊어 서신왕래가 많았으며, 한
곳에 오래 머물지 않고 강릉, 양양, 설악 등지를 두루 여행
하였다.

이때 그는 육경자사(六經子史)로 지방청년들을 가르치기
도 하고 시와 문장을 벗 삼아 유유자적한 생활을 보냈는
데, 『관동일록(關東日錄)』에 있는 100여 편의 시들은 이 기
간에 쓰여진 것이다.

50세 무렵 김시습은 어렸을 때 궁궐에 갔던 기억을 되살
려 다음과 같은 시를 지었다

아주 어릴 때 황금 궁궐에 나갔더니 少小趨金殿
영릉(세종)께서 비단 도포를 내리셨다 英陵賜錦袍
지신사(승지)는 날 무릎에 앉히시고 知申呼上膝
중사(환관)는 붓을 휘두르라고 권하였지 中使勸揮毫
참 영물이라고 다투어 말하고 競道眞英物
봉황이 났다고 다투어 보았건만 爭瞻出鳳毛

어찌 알았으랴 집안일이 결딴이 나서 焉知家事替
쑥대머리처럼 영락할 줄이야! 零落老蓬蒿

　10대에는 학업에 전념하였고, 20대에 산천과 벗하며 천하를 돌아다녔으며, 30대에는 고독한 영혼을 이끌고 정사수도(靜思修道)로 인생의 터전을 닦았고, 40대에는 더럽고 가증스러운 현실을 냉철히 비판하고 행동으로 항거하다가 50대에 이르러서는 초연히 낡은 허울을 벗어 버리고 정처 없이 떠돌아다니다가 마지막으로 찾아든 곳이 충청도 홍산(鴻山)무량사(無量寺)였다.

　이곳에서 1493년(성종 24) 59세의 나이로 병사하였다. 유해는 불교식으로 다비(茶毗)를 하여 유골을 모아 그 절에 부도(浮圖)로 안치하였다. 그는 생시에 이미 자기의 초상화인 노소(老少) 2상(二像)을 손수 그리고 스스로 찬(贊)까지 붙여 절에 남겨두었다고 하나, 현재는『매월당집』(신활자본)에「동봉자화진상(東峯自畫眞像)」이 인쇄되어 전한다.

　작은 키에 뚱뚱한 편이었고 성격이 괴팍하고 날카로워 세상 사람들로부터 광인처럼 여겨지기도 하였으나, 배운 바를 실천으로 옮긴 지성인이었다. 이이(李珥)는 백세의 스승이라고 칭찬하기도 하였다.

　그가 쓴 많은 시가 유실되었으나, 그의 문집은 중종 때에 정부 관료들에 의해서 그의 시가 좋다고 하여 편찬이 논의되었고, 이자(李耔)에 의하여 10여 년 동안 수집하여 겨우 3

권으로 모아졌으며, 윤춘년, 박상이 문집 자료를 모아 1583년(선조 16) 선조의 명에 의하여 이이가 전을 지어 교서관에서 개주 갑인자로 23권이 간행되었다. 일본 봉좌문고와 고려대학교 만송문고에 소장되어 있다.

김시습은 지금까지 『금오신화』의 작자로 널리 알려져 왔다. 그러나 그의 저작은 자못 다채롭다고 할 만큼, 조선 전기의 사상계에서 찾아보기 어려운 유불 관계의 논문들을 남기고 있으며, 그뿐 아니라 15권이 넘는 분량의 한시들도 그의 전반적인 사유세계를 이해하는 데 중요한 몫으로 주목을 요한다.

이 같은 면은 그가 이른바 '심유천불(心儒踐佛)'이니 '불적이유행(佛跡而儒行)'이라 타인에게 인식되었듯이 그의 사상은 유불적인 요소가 혼효되어 있다.

그러나 어디까지나 그는 근본사상은 유교에 두고 아울러 불교적 사색을 병행하였으니, 한편으로 선가(禪家)의 교리를 좋아하여 체득해 보고자 노력하면서 선가의 교리를 유가의 사상으로 해석하기도 하였다. 그러므로 그는 후대에 성리학의 대가로 알려진 이황(李滉)으로부터 '색은행괴(索隱行怪)'하는 하나의 이인(異人)이라는 비판을 받았다.

그때에는 불교 자체를 엄격히 이단시하였으므로, 김시습과 같은 자유분방한 학문추구는 기대하기 어려웠다. 그의 사상에 대한 정밀한 검토와 분석이 아직 우리 학계에서는 만족할 만큼 이루어져 있지 않은 상태이다.

이 점은 그의 생애가 여러 차례의 변전을 보여 주었고, 따라서 그의 사상체계 또한 상황성을 띠고 있기에 일관한 연구 성과를 기대하기 어렵기 때문이다. 그는 「신귀설(神鬼說)」, 「태극설(太極說)」, 「천형(天形)」 등을 통하여 불교와 도교의 신비론(神秘論)을 부정하면서 적극적인 현실론을 펴고 있다.

이는 유교의 속성인 현실을 중심으로 인간사의 문제를 해결하려는 면과 맥이 닿고 있다. 잡저(雜著)의 대부분은 불교에 관계된 논문들인데, 그는 부처의 자비정신을 통해 한 나라의 군주가 그 백성을 사랑하여, 패려(悖戾; 도리에 어그러짐), 시역(弑逆; 부모나 임금을 죽이는 대역행위)의 부도덕한 정치를 제거하도록 하는 데 적용하고자 하였다.

이같이 백성을 사랑하는 애민정신은 그의 「애민의(愛民議)」에 가장 잘 반영되어 있다. 혹자들은 그의 성리사상이 유기론(唯氣論)에 가까운 것으로 말하고 있으며, 불교의 천태종에 대해 선적(禪的)인 요소를 강조하였다고 한다.

특히, 「귀신론」은 귀신을 초자연적 존재로 파악하지 않고 자연철학적으로 인식하여, '만수지일본(萬殊之一本)', '일본지만수(一本之萬殊)'라 하여 기(氣)의 이합집산에 따른 변화물로 보았다. 그의 문학세계를 알게 해주는 현존 자료로는 그의 시문집인 『매월당집』과 전기집(傳奇集) 『금오신화』

가 있다.

지금까지 그의 문학세계에 대한 연구는 주로 전기집인 『금오신화』에 집중되어 왔으며, 그의 시문에 대한 연구는 극히 제한된 범위 내에서 이루어져왔을 뿐이다. 그러나 그의 시문집인 『매월당집』은 원집(原集) 23권 중에 15권이 시로써 채워져 있으며, 그가 재능을 발휘한 것도 시이다.

그는 문(文)에서도 각 체 문장을 시범하고 있지만 그 대부분이 그의 사상편(思想篇)이라 할 수 있는 것들이다. 김시습의 시는 현재까지 그의 시문집에 전하는 것만 하더라도 2,200여 수나 되지만 실제로 그가 지은 시편은 이보다 훨씬 더 많았던 것으로 생각된다.

그가 스스로 술회한 그대로 어릴 때부터 질탕하여 세상의 명리나 생업과 같은 것을 돌보지 아니하고, 마음 내키는 대로 산수를 방랑하면서 좋은 경치를 만나면 시나 읊으면서 살았다. 원래 詩란 자기실현의 기능을 가지고 있지만, 역대의 시인 가운데서 김시습처럼 자신의 모든 것을 시로써 말한 시인은 찾아보기 어렵다.

시로써 자신의 정신적 가치를 실현할 수 있었기에 그로 하여금 시를 쓰게 한 시적 충격과, 시를 쓸 수밖에 없었던 시적 동기도 모두 시로써 읊었다. 시 말고는 따로 할 것이 없었기 때문에 시를 쓰게 된 그는, 시를 쓰는 행위 그 자체가 중요했기에 시를 택하게 되었으리라 여겨진다.

그러므로 그는 그에게서 유출되는 모든 정서가 시로써 표현할 가치가 있는지 여부도 고려하지 않았다. 실천적인 유교이념을 가진 그의 지적 소양에서 보면, 그는 모름지기 경술(經術)로써 명군(明君)을 보좌해야만 하였고, 문장으로 경국(經國)의 대업에 이바지해야만 하였다.

그러나 정작 그가 몸을 맡긴 곳은 자연이요 선문(禪門)이었으며, 그가 익힌 문장은 시를 일삼는 것에 지나지 않았다. 선문은 이단이요 시작(詩作)은 한갓 여기(餘技)로만 생각하던 그때의 현실에서 보면, 그가 행한 선문에 몸을 던진 것이나 시를 지음에 침잠한 것도 이미 사회의 상도가 아니었다.

그러므로 그의 행적이 괴기하다든가 그의 시작이 희화적(戲畫的)이라는 평가는 당연하였다. 우리나라 한시가 대체로 그러하지만, 김시습의 시에서도 가장 흔하게 보이는 주제적 소재는 '자연'과 '한(閑)'이다. 몸을 산수에 내맡기고 일생을 그 속에서 노닐다가 간 그에게 자연은 그와 가장 가까운 거리에 있었다.

그러나 그는 '스스로 그렇게 있는 것'으로 바라보지 못하고 자신도 그 일부가 되곤 하였다. 평소 도연명(陶淵明)을 좋아한 그는 특히 자연에 깊은 의미를 부여하였다. 현실에 대한 실의가 크면 클수록 상대적으로 자연의 불변하는 영속성 때문에 특별한 심각성을 부여하고 비극적인 감정이 깃들이게 하였다.

일생을 두고 특별한 일에 종사하지 않았던 그에게는, 어쩌면 '한(閑)'이 전부였을지도 모르는 일이다. 그러나 현실적인 관심과 욕망으로부터 마음을 자유롭게 가지고, 자연과 함께 평화스러운 상황에 놓이기가 어려웠다. 한의(閑意)가 일어났다가도 세상일이나 다른 사물이 끼어들어 분위기를 흔들어 놓곤 하였다.

때문에「한의(閑意)」,「한극(閑極)」,「한적(閑適)」,「우성(偶成)」,「만성(漫成)」,「만성(謾成)」등 그의 시에서 보여준 그 많은 '한(閑)'에도 불구하고, 그는 완전한 한일(閑逸) 속에서 스스로 만족하지 못하였다. 그의 시에 대한 뒷사람들의 비평은 대체로 두 가지 방향으로 집약된다.

첫째는 힘들이지 않고서도 천성(天成)으로 시를 지었다는 점이며, 둘째는 그 생각이 높고 깊으며 뛰어나 오묘한 데가 있다는 것이다.

그러나 이러한 평가들이 모두 인상비평의 수준에서 더 나아가지 못한 것이라 하더라도, 시인 자신이 '단지 시의 묘한 곳을 볼 뿐이지 성련(聲聯)은 문제 삼지 않는다'라고 하였듯이 그의 시에서 체재나 성률은 말하지 않는 쪽이 나을 듯하다.

그의 시 가운데서 역대 시선집에 뽑히고 있는 것은 20여 수에 이른다. 그의 뛰어난 대표작은 대체로 다음과 같은 것들이 있다.

「산행즉사(山行卽事)」(7절), 「위천어조도(渭川漁釣圖)」(7절), 「도중(途中)」(5율), 「등루(登樓)」(5율), 「소양정(昭陽亭)」(5율), 「하처추심호(何處秋深好)」(5율), 「고목(古木)」(7율), 「사청사우(乍晴乍雨)」(7율), 「독목교(獨木橋)」(7율), 「무제(無題)」(7율), 「유객(有客)」(5율) 등이 그것이다.

이 가운데서도 「도중」, 「등루」, 「독목교」, 「유객」등은 모두 『관동일록』에 수록되어 있는 것으로 그가 마지막으로 관동 지방으로 떠났을 때의 작품이며, 대체로 만년의 작품 가운데에서 수작(秀作)이 많다.

『금오신화』는 현재까지 알려져 있는 것으로는「만복사저포기(萬福寺樗蒲記)」등 5편이 전부이며, 이것들은 김시습의 사상을 검증하는 호재(好材)로 제공되어 왔다. 그러나 「남염부주지(南炎浮洲志)」를 제외한 그 밖의 것들은 모두 감미로운 시적 분위기로 엮어진 괴기담(怪奇譚)이다.

이 전기의 틀을 빌려 그에게 있어서 가장 결핍되어 있던 사랑을 노래함으로써, 우리나라 역대 시인 가운데에서 가장 많은 염정시(艶情詩)를 남긴 시인이 되었다. 그의 역사사상은 과거의 역사를 현재의 문제로 풀어 가는 소재로 인식하였으며, 역사의 근본적인 문제를 다룬 한국 최초의 역사 철학자라고 할 수 있다.

「고금제왕국가흥망론(古今帝王國家興亡論)」이란 논문에서 역사적 위기도 인간의 노력으로 막을 수 있다고 파악하고,

항상 인간의 마음씀씀이를 중시하였다. 그가 마음을 바르게 하여야 한다고 한 점은 단순히 성리학적 견해만이 아니라 불교의 근본이론이기도 하다.

또한 「위치필법삼대론(爲治必法三代論)」에서는 삼대의 군주들이 백성들의 생활에 공헌을 하였기 때문으로 해석하였으며 인간의 고대문화의 발전에 대한 새로운 해석을 내렸다.

그는 우리나라의 역사도 단군조선으로부터 당대인 세종대까지의 역사를 문화사, 사상적으로 파악하여 발전적 역사관을 보였으며, 금오신화 중의 「취유부벽정기(醉遊浮碧亭記)」는 역사소설이라 할 수 있다.

상훈과 추모작자 미상인 김시습의 초상화가 무량사에 소장되어 있다. 그는 단종이 복위된 1707년(숙종 33)에 사헌부 집의(執議)에 추증되었고, 1782년(정조 6)에는 이조판서에 추증되었으며 1784년(정조 8)에는 청간(淸簡)이란 시호가 내려졌다.

-네이버 〈지식백과〉 참조

광릉숲 단상